RACHSÜCHTIGER ABTRÜNNIGER

EINE SCIFI ALIEN ROMANZE

BRÄUTE FÜR DIE ALIEN-PIRATEN
BUCH EINS

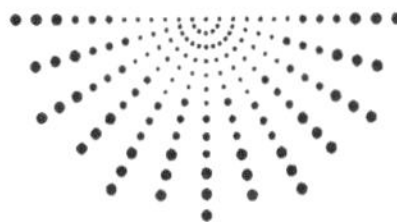

TAMSIN LEY

Twin Leaf Press

@ Deutsche Ausgabe: FP Translations; 2024

@ Originalausgabe: *Rescued by Qaiyaan* by Tamsin Ley; 2021

DIESES Buch ist eine fiktive Geschichte. Namen, Charaktere, Orte und Begebenheiten entspringen der Vorstellungskraft des Autors oder werden dazu genutzt, um die fiktive Geschichte in ihrer Wirkungskraft zu unterstützen. Alle Ähnlichkeiten zu real existierenden Personen, lebendig oder tot, Unternehmen, Events oder Schauplätzen sind Zufall.

KEIN Teil dieses Buches darf ohne Einverständnis reproduziert, gescannt oder in irgendeiner Art, ob elektronisch oder gedruckt, verkauft werden. Bitte beteilige dich nicht an der Buchpiraterie von urheberrechtlich geschütztem Material, was zu der Verletzung von den Rechten des Autors führen würde.

Dieses Buch enthält explizite Darstellungen sexueller Handlungen und ist nicht für Leser unter 17 Jahren geeignet!

Lektorat: Christian Popp

ISBN: 978-1-950027-84-2

Twin Leaf Press
PO Box 672255
Chugiak, AK 99567

„Ich erkenne dein Raumschiff, *Captain* Qaiyaan." Die Stimme, die über die Kommandozentrale des Schiffes kam, klang tief und bedrohlich. „Du mischst dich in eine legale Bergungsoperation ein."

Die beiden Raumschiffe, die sich hilflos vor dem Bildschirm im Kontrollraum drehten, erzählten eine andere Geschichte, als der Mensch aus dem Lautsprecher verlauten ließ. Mehrere Sterne spähten durch das Loch, das den Rumpf des Syndicorp-Passagierschiffes durchbohrte, während die Kurzstreckenlaser des zweiten nicht markierten Schiffes durch den jüngsten Einsatz leuchteten. „Scheint, als müsstest du ein bisschen freundlicher sein", sagte Qaiyaan gedehnt. „Schließlich ist es doch eindeutig, dass du unsere Hilfe brauchst. Ich werde mich zuerst an einer Bergung versuchen. Dir gehört, was wir zurücklassen."

„Ich warne dich! Fass das Schiff nicht an!", ertönte die Stimme.

Normalerweise würde Qaiyaan dem anderen Piratenkapitän alles Gute wünschen und mit seinem Leben fortfahren. Nicht heute. Seine Crew hatte in einem halben denaidanischen Jahr keinen profitablen Job mehr gehabt. Diese Gelegenheit war zu gut, um sie nicht zu nutzen. Außerdem hinterließ jeder, der ein Loch in einen unbewaffneten Personentransporter blies – Syndicorp oder nicht – einen sauren Geschmack in Qaiyaans Mund. „Ich könnte einfach hier warten. Mein Erster Offizier schätzt, dass wir in einem halben Tag zwei Schiffe haben werden, die gerettet werden müssen. Ihr seid zu tief in den Weltraum vorgedrungen, als dass ihr riskieren könntet, ohne einen Ersatzflussmodulator zu enden."

„Du verdammter Sohn einer rakwijischen Hure! Ich habe mächtige Freunde und ich kann sicherstellen, dass du in diesem Sektor nie wieder einen sicheren Hafen findest!"

Qaiyaan verschränkte die Arme und starrte auf das Kommunikationssystem. „Ich bin der einzige Freund, den du in diesem Moment in der Galaxie hast; also schlage ich vor, dass du höflich bleibst."

Noatak, Qaiyaans Erster Offizier, grinste ihn vom Sitz des Steuermanns an, wobei die bronzefarbene Oberfläche seiner Haut das mehrfarbige Licht der Bedienfelder reflektierte. Das kleine, für Menschen konzipierte Cockpit war kaum groß genug, um Sauerstoff für die beiden Denaida-Männer gleichzeitig zu haben. „Soll ich ein sanftes Andocken einleiten?"

Qaiyaan beobachtete, wie das Piratenschiff mit menschlicher Besatzung eine weitere langsame, hilflose Drehung durchführte. „Bring uns in das Passagierschiff, aber halte Ausschau nach etwas Verdächtigem. Könnte eine Falle von Syndicorp sein."

„Ziemlich aufwändig für ein Setup." Noatak schüttelte den Kopf, sodass die Metallperlen, die sein langes Haar und seinen Bart schmückten, melodisch klickten.

„Dass sie beide Flussmodulatoren auf einmal in den Wind schießen und keinen Ersatz haben? Wie groß sind die Chancen dafür? Entweder ist er dumm, oder es ist eine Falle."

„Ich sage, er ist dumm." Noatak stellte die

Bedienelemente so ein, dass die *Hardship* in Richtung des Passagierwracks steuerte.

Qaiyaan erhob sich vom Stuhl des Captains. Unvorhergesehene Scheiße passierte, besonders auf Raumschiffen, die nicht unbedingt legale Aktivitäten ausführten. Er sollte es wissen, nachdem er gerade die Erlöse aus ihrem letzten Raub benutzt hatte, um den Rumpf an dem kampfgeschädigten Schiff nachzurüsten. Es hätte nicht viel gefehlt und Qaiyaan hätte sich für den Schwarzmarktmechaniker vorbeugen und seine Arschbacken spreizen müssen. Verdammter, betrügerischer Bastard.

Er drehte sich zur Tür, hielt inne und sah Noatak über die Schulter an. „Sei vorsichtig. Auch wenn es keine Falle ist, so wird Syndicorp nach seinem vermissten Schiff suchen, und erwischt werden möchte ich nicht.“

Nachdem er die Tür zum Kontrollraum versiegelt hatte, rutschte er mit den Füßen seitlich an der Leiter hinunter zum Frachtraum. „Mekoryuk! Tovik! Alle Mann an Deck!“

Mekoryuk spähte mit seinem rasierten Gesicht aus der Krankenstation. Er war das einzige Besatzungsmitglied, das sich entschieden hatte, nicht den üblichen Vollbart zu tragen, auf den die

Denaidaner so stolz waren, und pochte stattdessen auf das Bedürfnis eines Arztes nach Sauberkeit oder einem ähnlichen *Anaq*. „Was ist los?"

„Bergungsmission. Gehe von Null-Atmo aus. Keine Zeit für Anzüge. Syndicorp könnte uns jede Minute in den Arsch treten. Wo ist Tovik?"

„Wo soll er schon sein?" Mek wies mit dem Kopf zum Ende des Korridors.

Qaiyaan verließ den Arzt und ging zu der Stelle, wo die Luke zum Maschinenraum offen stand. Als Captain konnte er das gut geölte Summen der Schiffsmotoren zu schätzen wissen, aber Tovik war ein bisschen zu sehr in bewegliche Teile verliebt. Qaiyaan hockte sich neben das Loch und schrie: „Tovik! Komm hoch und bereite dich auf die Leere vor! Und bring einen linearen Flussmodulator mit! Sofort!"

Da er wusste, dass seine Besatzungsmitglieder kommen würden, ohne dass er sich wiederholen musste, machte er sich auf den Weg zum Frachtraum. Durch die Öffnung beobachtete er, wie Noatak den magnetischen Greifer an seinen Platz führte. Der menschliche Captain des Raumschiffes raste wahrscheinlich vor Wut, da er mit ansehen musste, wie seine Cashcow von einem fremden Schiff vergewaltigt wurde. *Pech gehabt.* Qaiyaan würde sicherstellen, den Flussmodulator in Reichweite zu lassen, aber erst, wenn die Hardship bereit war, von hier zu verschwinden.

Der Erste Offizier richtete den Greifer auf die offenen Buchttüren des anderen Schiffes, wobei seine Stimme über die Sprechanlage im Frachtraum knisterte: „Bist du sicher, dass du dir nicht die Zeit nehmen willst, dich in einen Anzug zu schmeißen?"

Mekoryuk kam mit einem Erste-Hilfe-Koffer zu ihnen, und Qaiyaan grinste, als er antwortete: „Keine Anzüge. Diese *Qumlis* brauchen die Übung."

Tovik rannte auf sie zu, wie immer barfuß, sein schmuddeliger Bart und sein Haar nicht ganz die volle Mähne eines reifen Denaida-Mannes. Qaiyaan blickte finster auf seine glänzenden Bronzefüße. Der Junge meinte, er habe eine bessere Kontrolle über seine ionischen Fähigkeiten, wenn seine Füße nackt waren, aber eines Tages würde er einen Zeh oder Schlimmeres verlieren. Zumindest hatte er an den Ersatzflussmodulator gedacht.

Während Noatak das Flexi-Rohr zwischen den Raumschiffen bereitmachte, unterwies Qaiyaan die anderen Besatzungsmitglieder: „Ich bin mir nicht sicher, was wir dort finden werden, aber es wird wahrscheinlich nicht schön sein. Schnappt euch alles, was nicht festgenagelt ist. Wir sortieren unsere Bestände später."

Mek fragte: „Was ist mit Überlebenden?"

„Es gibt kein Lebenszeichen an Bord." Qaiyaan zeigte auf den Modulator in Toviks Hand. „Das muss zu dem anderen Piratenschiff, sobald wir verschwinden. Kannst du es sanft in ihre Richtung schubsen? Es sollte sie erst erreichen, wenn wir lange weg sind."

„Geht klar, Captain!" Der junge Mann nickte und berechnete wahrscheinlich bereits die Flugbahn und Geschwindigkeit, mit der er das Ding vorantreiben konnte.

„Vorbereiten auf die Leere!" Noataks Stimme hallte durch den Frachtraum.

Qaiyaan hatte kaum Zeit, seine ionische Hülle zu beschwören, bevor sich die Metalltüren teilten. Das Vakuum sog die Luft aus dem Schiff und das Flexi-Rohr rasselte, als es sich in das andere Schiff vorbewegte. Die Fähigkeit der Denaidaner, dem Vakuum zu widerstehen, hatte sie zu einer der begehrtesten Rassen für Syndicorp-Troopers gemacht, bevor die Katastrophe ihre Welt zerstört hatte. Jetzt ...

Jetzt waren sie nur noch Piraten.

Qaiyaan konzentrierte sich darauf, seine Füße

auf dem Deck zu halten, und tippte gegen seine Schläfe, um sein Cochlea-Implantat zu aktivieren. Als Überbleibsel seiner Tage als Soldat war es praktisch in Null-Atmo, wenn sie zuvor keine Zeit mit Anzügen und den angeschlossenen Lautsprechern verschwenden wollten.

Die drei Besatzungsmitglieder bewegten sich entlang des Flexi-Rohrs in die Dunkelheit des Passagierschiffes. Tovik, der immer vorbereitet war, zog einen Flutlichtscheinwerfer aus seinem Gürtel und schlug ihn gegen die Innenwand. Das Licht wies eine Passagierkabine aus, die aber rein gar nichts beherbergte, was Passagiere auf einer langen Reise im Weltall eigentlich brauchten. Keine Nav-Grav-Sitze für Humanoide, keine Methantanks für Garan'uks, nicht einmal ein Beschleunigungsnetz für Yanipa-Nimayus. Stattdessen schwebten Frachtcontainer aller Formen und Größen frei in der Kabine, einige zeigten Risse, aus denen der Inhalt heraustrat.

Was ist das bitte für ein Raumschiff?, fragte sich Qaiyaan. Er hatte den grausamen Anblick von geschwollenen Passagieren im Weltraum erwartet. Nicht, dass ihm diese Alternative etwas ausmachte. Er streckte die Hand aus und packte ein schwebendes Paket mit Injektionsnadeln. *Medizinische Vorräte?*

Er tauschte einen Blick mit Tovik aus, der mit den Schultern zuckte. Was auch immer dieses Zeug war, es spielte keine Rolle; am Ende bevorzugte er es, sich mit verkäuflichen Gütern zu beschäftigten und nicht mit Leichen.

Qaiyaan ging in Richtung des nächstgelegenen Containers und schob die mannsgroße Box zum Flexi-Rohr, wobei er sich den größten Teil des Weges beim Tragen auf die Trägheit verließ. Einen Behälter nach dem anderen bewegte er und arbeitete, bis er den Schweiß auf der Haut unter seinem Ionenschild spürte. Selbst bei Null-Atmo war es anstrengend, den Körper angespannt zu halten und die schweren Kisten zu bewegen. Mindestens zwanzig Minuten vergingen, bevor er ein Schwindelgefühl wahrnahm. Das ionische Schild zu benutzen, war gleich zu setzen mit einem Taucher, der den Atem anhielt, und er wusste, dass sie bald nach Luft schnappen mussten. Eine blecherne Stimme in seinem Implantat setzte den Zeitpunkt für seine Überlegungen fest. „Ein Ferngespräch kommt rein, Captain. Ich kann noch nicht sagen, ob es Syndicorp ist, aber sie werden in acht Minuten in Reichweite sein, um sich auszuweisen."

Anaq! Sie würden schneller hier sein, als er erwartet hatte. Er hob seinen Arm, erregte die Aufmerksamkeit der anderen Männer und kreiste mit zwei Fingern in der Luft, um den Befehl zum Rückzug zu geben. Seine Besatzungsmitglieder ließen fallen, was sie in den Händen hielten, und bewegten sich auf den Ausgang zu.

Als die Tür versiegelt war, füllte endlich der gesegnete Sauerstoff den Frachtraum, jedoch würde es einige Minuten dauern, bis der Druck groß genug war, um atmen zu können. Qaiyaan fühlte sich immer noch leicht benommen, als er begann, die Container an den magnetischen Befestigungen zu sichern. Er schätzte, dass sie mindestens die Hälfte des Frachtraums geleert hatten. Er war zufrieden mit sich, als er spürte, wie Noatak von dem verlassenen Raumschiff wegsteuerte.

„Captain?", rief Mek hinter einem Stapel von Containern.

Im selben Moment knisterte Noataks Stimme durch die Lautsprecher. „Bestätigtes Syndicorp-Schiff nähert sich mit hoher Geschwindigkeit. Wir müssen verschwinden, und zwar so schnell wie möglich."

Qaiyaan bewertete die Ladung und sagte: „Wir brauchen fünf Minuten."

„Captain!", rief Mekoryuk erneut. „Wir haben ein Problem."

„Was ist?" Qaiyaan lehnte um die Ecke. Tovik und der Arzt standen über einem Frachtgut und starrten auf etwas, das blinkendes rotes Licht abstrahlte.

Tovik rieb mit der Handfläche über das kleine Fenster. „Ist das eine Frau?"

„Das ist doch wohl ein Witz." Qaiyaan schlug eine Magnetklemme an den Behälter, sicherte ihn, und stand auf. „Ein Kryo-Pod? Wer hat den mitgebracht?"

„Du hast gesagt, schnapp dir alles", verteidigte sich Tovik. Er schaute auf und begegnete Qaiyaans Blick. „Können wir sie behalten?"

Noatak war erneut über die Lautsprecher zu hören: „Captain, sie verfolgen uns."

Qaiyaan zog die Augenbrauen zusammen und tippte mit einem Finger gegen den Kryo-Pod. „Sie ist doch kein *Netorpuk*-Welpe, Tovik. Sicher einfach das verdammte Ding, sodass wir von hier verschwinden können. Wir werden später entscheiden, was wir mit ihr machen sollen."

„Das ist ja das Problem", sagte Mek. „Der Pod funktioniert nicht richtig. Sie wird die Verbrennung in diesem Zustand nicht überleben."

„Anaq!" Qaiyaan stampfte zur Kapsel. Er hätte wissen müssen, dass die Dinge zu gut liefen. Als er schließlich einen Blick auf das Gesicht hinter dem Glas werfen konnte, wurde sein Mund plötzlich trocken. Eine junge Frau mit langen Haaren in der Farbe von Holzkohle lag darin, ihre Wimpern formten einen Halbmond auf ihren hohen Wangenknochen. Das blinkende rote Licht in der Nähe ihres Kopfes beleuchtete ihre perfekt geformten Gesichtszüge und gab den Anschein, als wäre sie in Blut getränkt.

„Schmeiß sie raus", sprach Noatak über die Lautsprecher. „Lass Syndicorp sie abfangen."

Tovik packte den Pod, als würde er die Kapsel als sein Eigentum beanspruchen. „Das kannst du nicht machen! Was ist, wenn sie die Frau übersehen?"

Noatak antwortete: „Nicht unser Problem."

„Du solltest sehen, wie sie aussieht ...", führ Tovik fort.

Jetzt war nicht die Zeit, um über die Anteile der

Besatzung an der Beute zu streiten, aber Qaiyaan verspürte den plötzlichen Wunsch, die Kapsel seinem Ingenieur abzuknöpfen und den Inhalt für sich selbst zu beanspruchen. Er drückte das Gefühl nieder. Wenn sie sich nicht sofort bewegten, schossen die Syndicorp-Soldaten zuerst und stellten später Fragen.

Noataks Stimme dröhnte nun in seinem Verstand. „*Anaq*! Sie haben gerade das menschliche Piratenschiff ausgelöscht!"

Syndicorp scheint heute besonders blutrünstig zu sein. Qaiyaan spannte den Kiefer an und schob Tovik beiseite, sodass er den Pod in Richtung der Schleuse schieben konnte, wobei er seinen Blick von der atemberaubenden Schönheit im Inneren abwandte. „Wenn wir sie aus dem Schiff werfen, müssen sie anhalten und sie reinholen, was uns mehr Zeit gibt, um zu entkommen."

„Aber, Captain −", begann Tovik.

„Wir sind keine Mörder!", brüllte Mek und bewegte sich, um sich dem Weg der Kapsel in den Weg zu stellen.

Der Lautsprecher in der Bucht knackte erneut: „Captain, das wird dir nicht gefallen." Noataks Stimme war von aufgeregter Panik zu tödlicher Stille übergegangen. Qaiyaan stoppte mit dem Pod und drehte sich zum Lautsprecher, als könnte er von hier aus das Gesicht seines Ersten Offiziers sehen. „Sie haben auch das Passagierschiff in die Luft gejagt. Von beiden Schiffen ist nichts mehr übrig als ein Dunst aus Weltraumstaub."

Der Atem verließ Qaiyaans Körper. Syndicorp hatte sein eigenes Schiff zerstört? Warum sollten sie das tun?

Mek näherte sich dem Captain und flüsterte: „Sie vom Raumschiff zu werfen, würde ihren Tod bedeuten."

Qaiyaan presste die Augen zu. Warum konnte nichts einfach sein? Diese Frau war wahrscheinlich ein nerviger Mensch in einem exorbitanten Kryo-Urlaub oder einem ähnlichen Unsinn. Aber er konnte sie nicht der Gnade des Weltraums und definitiv nicht einem Schiff überlassen, das gerade alles in die Luft sprengte. „Wie lange brauchst du, um sie zu wecken?"

„Der Aufwachzyklus dauert zwanzig Minuten."

Er warf dem Arzt einen vielsagenden Blick zu. „Ich habe nicht gefragt, wie lange es braucht. Ich habe gefragt, wie lange *du* brauchst."

Mek schüttelte den Kopf. „Ich kann sie jetzt herausziehen, aber sie wird Tage brauchen, um sich zu erholen. Und sie wird für die Verbrennung auf jeden Fall zu schwach sein.“

„Was klingt besser? Sich tagelang erholen? Oder als Weltraumstaub enden? Zieh sie raus. Wir können unsere Ionenschilde miteinander verbinden, um sie während der Verbrennung zu schützen.“

Meks rechtes Auge zuckte. „Wir sind erschöpft vom Plündern in Null-Atmo. Ich bin mir nicht sicher, ob wir der Belastung standhalten können.“

„Hast du einen besseren Vorschlag? Wenn das der Fall ist, dann raus damit, denn wir haben keine Zeit mehr.“

„Sie werden in dreißig Sekunden in Reichweite sein, Captain“, verkündete Noatak über den Lautsprecher, seine Stimme noch immer tödlich ruhig.

Meks Kiefer spannte sich an, jedoch nickte er. „Also gut. Ich glaube, ich habe genug Erholungsstims, um uns danach am Laufen zu halten. Aber lass uns das nicht zur Gewohnheit werden.“

Er öffnete die Siegel der Kapsel und Qaiyaan kniete daneben, um den Menschen aus dem gepolsterten Inneren zu heben. Sie war nackt, ihre Nippel hart von der Kälte. Seine Hand glitt unter ihren hübschen Arsch, und jeder Ionensensor in seiner Haut war sich des Kontakts bewusst. Er versuchte, sich auf ihr Gesicht zu konzentrieren, anstatt auf ihre seidenweiche Hüfte, mit der sie sich an seinen Körper schmiegte. Ihre Augenlider flatterten, öffneten sich aber nicht.

Er legte sie auf das Deck und streckte sich neben ihr aus, um sich auf dem Metallboden zu erden. Dann hüllte er sie in sein Kraftfeld und verankerte ihren Körper mit seinem.

Tovik saß im Schneidersitz an ihrem Kopf und legte beide Hände auf ihre Schultern. Sein Blick jedoch lag auf ihren harten Nippeln. Wenn er es genau betrachtete, dann erging es Qaiyaan nicht anders. Er konnte dem jungen Ingenieur also keinen Vorwurf machen. Mek breitete sich auf ihrer rechten Seite aus. Eine unbekannte Emotion löste in Qaiyaan das Bedürfnis aus, sie beide von ihr wegzuschieben.

In der Hoffnung, dass er gerade nicht alle vier zum Tode verurteilt hatte, rief Qaiyaan: „Volle Verbrennung ausführen."

KAPITEL ZWEI

Lisas gesamter Körper schmerzte, als hätte sie jemand die Treppe runtergeschubst. Ihre Muskeln wimmerten regelrecht, und sie erkannte, dass sie zitterte. Nein, das war mehr als ein Zittern. Sie fror. Ihr war eiskalt.

Erinnerungen kehrten in Eile zurück. *Verdammt, ja, ich habe überlebt!* Ihre Augen flogen auf und ihre Lungen nahmen einen qualvollen Atemzug. Ihr Bruder Doug hatte ihr versichert, dass ihr Syndicorp nicht wehtun würde, solange sie ihn brauchten. Und er hatte ein Talent dafür, sicherzustellen, dass Leute ihn brauchten. Dennoch konnte das Unternehmen selbst den geschicktesten Trickbetrüger hinters Licht führen. Wenn Doug nicht gewesen wäre, hätte sie nie zugestimmt, in eine so hilflose Situation gebracht zu werden. Den Kryo-Pod zu betreten, war der größte Glaubensakt in ihren sechsundzwanzig Lebensjahren gewesen.

Ihre kalten Finger prickelten, als ihre Durchblutung wieder in Gang kam und ihre Augenlider wie wild flatterten, während sie versuchte, sich zu konzentrieren. Doug sollte hier sein. Ihr Herz sehnte sich verzweifelt danach, ihren Zwillingsbruder wiederzusehen, um sicherzustellen, dass Syndicorp ihm nicht wehgetan hatte. Ihre Nano-Bots müssen von der Zeit im Kälteschlaf noch träge sein, sonst hätte sie ihn sofort wahrgenommen.

Über ihr leuchtete die Deckenverkleidung in einem gedämpften Licht. Sie bewegte ihren verschwommenen Blick nach rechts. Eine Wand aus Frachtcontainern stand ein paar Meter entfernt, das stumpfe Metall sauber, aber nicht das, was sie nach einem Jahr als Syndicorp-Testperson für Nano-Technologie erwartet hatte. Diese Schränke waren Teil einer kleinen Krankenstation auf einem Raumschiff. Sie hatte in den Jahren mehrere davon gesehen, da sich ihr Bruder nicht aus Kneipenschlägereien heraushalten konnte.

Wo war sie also und warum war sie wach? Ihre Reise sollte in einem neuen Labor enden, in dem

Doug supergeheimen Tests unterzogen wurde. Etwas musste passiert sein, wenn sie früher aus der Stase geholt worden war. Mit Mühe bewegte sie den Kopf in die andere Richtung. Ein Stahltisch lief an der gegenüberliegenden Wand entlang, eine kleine Spüle an einem Ende und eine Computerstation am anderen. Dort saß ein riesiger Mann mit drei dicken Zöpfen, die sich über seinen breiten Rücken ergossen und mit Metallschmuck verziert waren.

Er gehörte definitiv nicht zu Syndicorp.

Sie versuchte, seine Aufmerksamkeit zu erregen: „Nnnmm." Nur war ihre Zunge so gefroren wie der Rest von ihr.

Der Mann schaute über seine Schulter und sein besorgtes Gesicht reflektierte das Licht, als hätte er es mit diesem ausgefallenen Kosmetikpuder bestäubt, das die Männer auf Enayshu Five so gerne benutzten. Ihm fehlten jedoch die enayshuanischen Augenwulsten. Ein Alien war er aber ganz sicher. „Du bist wach. Ausgezeichnet."

Er drehte sich auf dem Stuhl zu ihr um und streckte eine glänzende bronzefarbene Hand nach ihr aus. Da er ihr nun so nah war, musste sie beeindruckt feststellen, wie groß er doch war. Sie zuckte zusammen, aber er legte nur seine Fingerspitzen an ihren Puls. Manuelle Prüfung ihrer

Vitalwerte? Scheiße, sie befand sich auf einem Raumschiff geringer Qualität. Sie hatte das Gefühl, wieder auf der Schattenseite der Whylon-Station zu sein.

„Was ist passiert?" Sie schaffte es nicht, ihre Zunge um die Worte zu wickeln, aber der Mann schien sie trotzdem zu verstehen.

„Wir sind uns nicht ganz sicher. Wir haben dich von einem verlassenen Schiff geholt."

„Verlassen? Ich verstehe nicht. Wer bist du?" Ihre Stimme klang besser, jedoch immer noch undeutlich.

„Ich heiße Mekoryuk, aber du kannst mich Mek nennen. Der Captain möchte mit dir sprechen. Ich werde ihn wissen lassen, dass du wach bist."

Sie hatte Mühe, sich aufzusetzen; ihr Körper zuckte lediglich wie ein Fisch an Land. „Ich muss meinen Bruder kontaktieren."

„Du kannst ja kaum Worte formen. Hör auf, dich zu bewegen." Er legte eine solide Hand auf ihr Schlüsselbein und drückte sie wieder auf die Matratze. „Ich möchte nicht, dass du dich überanstrengst, bis sich dein Stoffwechsel stabilisiert."

„Aber ich —"

Meks Hand übte mehr Druck aus. „Ich werde

jetzt den Captain holen. Wenn du aus dem Bett fällst, ist es deine eigene *usviiqe* Schuld.“

Lisa lag still und konzentrierte sich auf ihre Atmung. Der Druck seiner Hand ließ nach, aber er hielt seinen Blick auf sie gerichtet, als würde er die Bestätigung in ihrem Gesicht suchen, dass sie tun würde, was befohlen wurde. Als sie nicht protestierte, drehte er sich um und verließ die kleine Krankenstation.

Für ein paar Minuten ruhte sie sich aus und lauschte dem Piepen der Monitore und dem leichten Brummen des Schiffsmotors. Wenn es eine Sache gab, in der Syndicorp gut war, dann darin, sein Eigentum nicht zu verlieren. Und doch lag sie nun hier, in einem fremden Raumschiff. Etwas war extrem schief gelaufen. Es war ihr egal, was Mek über das Ausruhen sagte; sie brauchte Informationen.

In ihrem Kopf rührten sich ihre winzigen Roboter. Sie wuselten und summten an ihrer Schläfe, als wären sie neugierig auf die Diode, die sie mit den Monitoren der Krankenstation verband. Sie war Teil einer Testgruppe für cyberempfindliche Verbesserungen; eine Möglichkeit, menschliche Gehirnwellen in die Lage zu versetzen, direkt und intuitiv mit komplexen Computersystemen zu interagieren. Die Naniten wurden entwickelt, um unter Verwendung der Synapsen des Hirns eines Wirtes Datenimpulse zu senden und zu empfangen. Doug könnte sich mit einem bloßen Gedanken in ein Computersystem in der Nähe hacken. Lisa war nicht annähernd so gut und musste physisch verbunden werden, um sich in ein System einzuschleichen. Zum Glück für sie bot die Diode genau den Korridor, den sie brauchte. Hoffentlich waren die medizinischen Computer in den Großrechner eingebunden. Dann könnte sie einen Anruf bei Syndicorp codieren. Sie drückte die Augen zu und wies die mikroskopischen Maschinen an, zu ermitteln.

Eine Stimme unterbrach ihre Konzentration. „Wie fühlst du dich?"

Ihre Lider flogen auf und begegnetem einem elektrisierenden blauen Blick. Sie hatte Mek mit seinen langen, geflochtenen Haaren und seinem sauber rasierten Gesicht für gutaussehend, breitschultrig und schelmisch gehalten. Dieser neue Kerl überschritt die Grenzen der Schurkenhaftigkeit und ging direkt zu einem robusten, bronzehäutigen Barbaren über. Sein langes Haar ergoss sich lose über seine Schultern, dunkel und wellig, versetzt mit Silbersträhnen, die ein Metallgewebe sein könnten, oder sein eigenes Haar. Vor allem seine Augen hatten es ihr angetan, so verdammt brillant und fesselnd. Und über diesen Augen durchbohrte ein Silberring eine dunkle Augenbraue.

Verdammt, waren alle Besatzungsmitglieder auf diesem Schiff heiß? Die sinnlichen Lippen des Mannes krümmten sich leicht nach oben, als wäre er es gewohnt zu lächeln, obwohl er es im Moment nicht tat. Ein gut getrimmter Schnurrbart und Bart verjüngten sich zu zwei geflochtenen Zöpfen unter seinem Kinn. Er hatte ihr gerade eine Frage gestellt, aber ihre Zunge fühlte sich zu dick an, um darauf zu antworten.

Mek trat hinter dem Barbaren hervor. „Es kann eine Weile dauern, bis sie sich vollständig erholt hat."

Der zweite Mann ließ den Blick über ihren Körper schweifen und ihre Haut kribbelte, als hätte er sie berührt. Sie erschauerte bis ins Mark, verwirrt über diese ungewöhnliche Reaktion auf einen Mann – einen Außerirdischen. Sie war mit einigen Männern zusammen gewesen. Okay, mit ein paar wenigen Männern. Und kein einziger hatte jemals diese Gefühle in ihr ausgelöst – weder im Bett noch abseits davon. Sie sollte sich ausruhen, aber Schweißtropfen kitzelten ihre Haut, als wäre sie gerade durch die Servicetunnel der Raumstation mit der hohen Gravitation geklettert.

„Ich bin Captain Qaiyaan. Kannst du mir deinen Namen sagen?" Die tiefe Klangfarbe seiner Stimme schickte elektrisierende Funken über ihre Haut.

„L-Lisa. Lisa Moss." *Ja, so erreicht man es, wie eine Idiotin zu klingen.* Sie leckte sich die Lippen und hoffte, dass ihre nächsten Worte nicht so kratzig herauskamen.

Qaiyaans Blick folgte der Bewegung ihrer Zunge und fand dann Mek, der anfing, mit den Fingern auf eine Polycom zu tippen — wahrscheinlich, um nach ihrem Profil zu suchen. *Viel Glück dabei.* Ihre Lippen verzogen sich zu einem Lächeln. Als sie und Doug sich der Testgruppe angeschlossen hatten, hatte Syndicorp dafür gesorgt, dass sie und ihr Bruder nicht länger existierten. Das Unternehmen hatte ihre Akten von einer Handvoll Verbrechen befreit und die Geschwister vor dem Schwarzmarktkartell versteckt, das es auf sie abgesehen hatte.

„Lisa, wir versuchen herauszufinden, was hier vor sich geht. Warum warst du in einem Kryo-Pod?"

Ihr Lächeln löste sich auf. Ein falsches Wort und

sowohl sie als auch ihr Bruder würden alles verlieren, einschließlich der Amnestie, die sie vor den Syndicorp-Gefängnisminen und den langen Fingern des Kartells bewahrte. Ihr platzte das erste heraus, was ihr in den Kopf kam: „Interstellares myasthenes Karzinom."

Scheiße. Ihr Verstand musste von ihrer Zeit im Kryo-Pod noch langsam sein. Niemand litt mehr an IMK. Der Krebs, der durch ungeschützte Reisen in dunklen Nebelflecken verursacht wurde, war kaum mehr als eine Horrorgeschichte, die von Stationsratten erzählt wurde, die sich damit trösteten, dass sie wohl für alle Zeit auf einer Raumstation festsitzen würden.

Qaiyaans Augen gewannen bei dem Blick auf seinen Arzt an Größe und seine Lippen formten eine dünne Linie. Mek richtete sich auf, seine Augen auf dem Captain und auch er wirkte besorgt. „Ich habe während meiner Scans nichts entdeckt. Lass mich noch einmal nachsehen."

Sie musste versuchen, ihn davon abzuhalten, weiter zu graben und die Wahrheit herauszufinden. Kein Problem. Sie hatte so viele Betrügereien mit ihrem Bruder durchgezogen, bevor die Polizei von Syndicorp sie erwischt hatte, woraufhin ihnen nur die Wahl zwischen den Minen und dem

Testprogramm geblieben war. Sie setzte ein schwaches Lächeln auf und spielte ihre Mitleidskarte aus. „Das ist in Ordnung, wirklich. Ich bin für eine Behandlung auf dem Weg in ein Krankenhaus."

Mek begann, Knöpfe auf ihren Monitoren zu drücken. „In welcher Phase bist du?"

Ein Anflug von Panik durchzog ihre Gelassenheit. Ungeachtet der Naniten hatte sie wenig Erfahrung mit fortgeschrittenen medizinischen Behandlungen. Mit den Gedanken auf die mikroskopisch kleinen Roboter gerichtet, die ihren Körper bevölkerten, sandte Lisa sie aus, um den Sensor des Arztes zu stören. Doug hätte wahrscheinlich den Beweis von IMK vortäuschen können, aber sie war nicht so geschickt. Sie ließ ihre Naniten Amok laufen und konzentrierte ihre Aufmerksamkeit auf den blauäugigen Mann neben ihrem Bett. „I-Ich muss meinen Bruder wissen lassen, dass es mir gut geht."

Qaiyaan schüttelte den Kopf und mied ihre Augen. „Es tut mir leid. Unsere Kommunikation ist nicht auf einen Langstrecken-Schub ausgelegt. Du musst warten, bis wir zu einer Transferstation kommen."

„Wie lange wird das dauern?" Sie wedelte mit

den Fingern und versuchte, das Gefühl in ihnen zurückzugewinnen, um ihn zu berühren. Zu ihrer Freude zog er sich einen Stuhl heran und nahm ihre Hand in seine. Seine Haut war warm und leicht rau, als sein Daumen die Rückseite ihrer Finger streifte. Sie bebte bis zu ihren Naniten. Eine Million kleiner, kribbelnder Sensoren reagierten auf seine Berührung.

Sein Daumen stoppte, als ob auch er etwas spürte, und er starrte intensiv in ihre Augen.

Ohne Mek wirklich wahrzunehmen, untersuchte er mit den Fingern die Diode, die an ihrer Schläfe befestigt war. „Halt still. Ich werde den Sensor austauschen."

Sie schüttelte den Kopf. Ihr schneller Herzschlag würde sicher einige Bedenken auslösen, wenn er es schaffte, die Diode wieder in Betrieb zu nehmen. „Bemühe dich nicht. Etwas an meiner Chemie lässt die Standardtechnologie aus dem Ruder laufen. Ich kann nicht einmal ein Polycom tragen, ohne dass das Ding durchbrennt."

„Lass es ihn einfach versuchen, okay?" Qaiyaan drückte sanft ihre Hand.

Mit klopfendem Herzen schenkte sie ihm ihr *tapferes, aber verängstigtes* Lächeln und versuchte, wie ein Krebspatient zu denken. „Ich muss sofort in das Krankenhaus auf Aleigh."

Mek unterbrach sein Gemurmel und beide Männer starrten sie nun an.

„Du wolltest ins Syndicorp-Krankenhaus?" Qaiyaans Augenbrauen zogen sich zusammen.

Ihre Brust fühlte sich eng an und sie war sich sicher, dass Qaiyaan ihr Zittern spürte. Doug hatte eine Weisheit: Der beste Weg, um mit einem Betrug davonzukommen, war es, möglichst auf eine Frage mit einer Gegenfrage zu antworten. „Haben sie nicht die besten medizinischen Technologien?"

Mek grunzte und nahm wieder Anpassungen an seinem Bildschirm vor. Sie verstärkte ihre Naniten, um sicherzugehen, dass sie weiter seine Maschinen störten. Qaiyaan richtete seinen Blick auf ihre Finger, wobei sein seltsamer Bronzedaumen eine dünne blaue Ader auf dem Handrücken nachzeichnete. „Du bist ziemlich weit vom Syndicorp-Sektor entfernt."

Ups. Es gab mehrere Gründe, warum sie für die Reise in einen Kryo-Pod gesteckt worden war. Es sollte verhindert werden, dass sie Systeme hackte und so herausfand, wohin sie gebracht werden sollte. Sie hatte einfach angenommen, dass sie am

Ende im Syndicorp-Sektor landen würde. „Wie weit?"

„Fünfzehn oder zwanzig Parsec, würde ich sagen. Und sehr – *sehr* – weit entfernt von Aleigh."

Lisa griff auf Fähigkeiten zurück, die sie seit einem Jahr nicht mehr genutzt hatte, und zog ihre Augenbrauen besorgt zusammen. „Sie meinten, sie würden mich zu Aleigh schicken." Sie hatte immer schon ein Talent dafür gezeigt, bei einem Zielobjekt Mitleid hervorzurufen, und spielte so mit den Emotionen, um das zu bekommen, was sie brauchte. Im Moment war es wichtig, dass Qaiyaan aufhörte, Fragen zu stellen und er ihr Zugang zu seinem Kommunikationsnetzwerk gab. „Mein Bruder muss verrückt vor Sorge sein. Was glaubst du, ist geschehen?"

„Du musst mit Syndicorp aufpassen."

„Wem sagst du das." Sie lachte und merkte dann, dass sie gerade zu ehrlich gewesen war. Ihre Zweifel an Syndicorp waren etwas, das sie tief vergraben hielt, verborgen sogar vor ihrem Bruder, der das Lieblingstestobjekt des Unternehmens darstellte. Sie war sich ziemlich sicher, dass es nur einen Grund dafür gab, warum sie nicht in die Minen geschickt oder dem Whylon-Kartell übergeben worden war: Syndicorp brauchte Doug.

Ihre Fähigkeiten mit den Naniten waren bestenfalls miserabel.

Qaiyaans Finger festigten sich um ihre Hand, und er erhob sich. „Mek hat etwas Erfahrung mit Krebs, also entspann dich einfach und lass ihn sein Ding machen, okay?"

Oje. Natürlich wäre Mek eine Art Krebsspezialist. Warum hatte sie nicht behauptet, in eine Reha-Kolonie oder so etwas zu gehen? „Bitte mach dir keine Umstände. Ich habe Syndicorp bereits für die Behandlung bezahlt. Ich muss nur nach Aleigh kommen."

Qaiyaan ging zur Tür, blieb aber stehen und sah sie über seine Schulter an. Seine blauen Augen wirkten wie wilde Funken unter seiner tiefen Stirnlinie. „Syndicorp ist im Moment wohl nicht deine beste Option. Gib Mek eine Chance. Ich werde bald wieder vorbeischauen."

Damit verließ er den Raum. Sie musste zugeben, dass sie sich ohne ihn so viel einsamer fühlte. Um sich diesem Gefühl zu widersetzen, konzentrierte sich Lisa auf ihre Naniten und wehrte die wiederholten Scans des Arztes ab.

KAPITEL DREI

Qaiyaan schüttelte den Kopf, als er zurück in den Kontrollraum marschierte. Es fiel ihm nicht leicht, sich von der Krankenstation und der verführerischen Patientin zu entfernen. Aber eine Frau mit IMK? Der Krebs war fast ausgerottet, abgesehen von jenen seltenen Arten, die sich ohne Symptome festsetzten und ein unschönes Ende bereiteten. Wie etwa die, die seine gesamte Rasse ausgelöscht hatte. Lisas Ankunft fühlte sich an, als hätte der hinterhältige *Ellam Cua* versucht, ihn – und seine ganze Crew – mit Erinnerungen zu verhöhnen. Sogar Mekoryuk war von der Menschenfrau angetan. Sie war so exquisit, so lebhaft, und das trotz der anhaltenden Wirkung des Kälteschlafs – trotz der Krankheit, die ihre

Knochen fraß. Ihr kurvenreicher Körper unter dem dünnen Laken war schwer zu ignorieren. Und als er ihre Hand berührt hatte ... Der elektrisierende Funke bei dem Kontakt hatte ihn wundern lassen, ob sie auch ein Denaidaner war.

Aber das war nicht möglich.

Der Krebs hatte sämtliche Frauen vom Angesicht seines Planeten gefegt. *Und das war alles auf Syndicorp zurückzuführen.* Und jetzt hatten sie es auf Lisa abgesehen.

Er hatte nicht die Kraft gehabt, sie zu fragen, warum Syndicorp hinter ihr her war. *Usviiqe,* vielleicht hatten sie es nicht mal auf Lisa abgesehen! Es könnte etwas auf dem Schiff gewesen sein, das das Unternehmen verstecken wollte. Syndicorp hatte keine Probleme mit Kollateralschäden – das hatten sie auf Denaidadaru unter Beweis gestellt. Es gab allerdings keinen Grund, ihr Angst zu machen, während sie sich erholte. Nachdem er ihre medizinische Versorgung arrangiert hatte, würde er ihr erklären, wie Syndicorp ihr Schiff zerstört hatte.

Er ließ sich auf dem Stuhl des Captains nieder und scrollte durch die Sternenkarten, um die nächstgelegenen Krankenhäuser zu sichten, die keine Verbindung zu Syndicorp hatten. Das galaktische Unternehmen hatte seit der Zerstörung seiner Heimatwelt vor fünfzehn Jahren an Einfluss und Macht gewonnen. Nur wenige in der Galaxie erinnerten sich noch an Denaida-daru, einen rückständigen Planeten mit einer indigenen Bevölkerung, die zu empathisch war, um sich dem hektischen Treiben des galaktischen Marktes anzuschließen. Insbesondere die Frauen waren nicht in der Lage, der Nähe der ungefilterten Emotionen und Wünsche anderer Arten standzuhalten, was es unmöglich machte, den Planeten zu verlassen. Sie waren auch die einzigen Frauen, die die intensive sexuelle Verbindung eines Denaida-Männchens zähmen konnten. Und seit die schwarzhaarige Schönheit den Weg in seine Krankenstation gefunden hatte, war sich Qaiyaan dieser Tatsache noch mehr bewusst.

Mit angespanntem Kiefer lehnte Qaiyaan ein nahegelegenes Krankenhaus ab, da es mit Syndicorp zu tun hatte, und rief dann die Vorstandsmitglieder einer zweiten Einrichtung auf, um auch hier die Namen zu prüfen. So viele Unternehmen waren heutzutage bloße Tochtergesellschaften des Syndicorp-Konglomerats. Er behielt die Bewegungen der CEOs und Holdinggesellschaften von Syndicorp im Auge und nutzte dafür alle Möglichkeiten, die er hatte. Die wenigen denaidanischen Männer, die während der Zerstörung ihrer Welt nicht anwesend gewesen waren, hatten eine lose Bruderschaft von Piraten gebildet, die entschlossen war, Syndicorp für ihr Verbrechen büßen zu lassen.

„Captain." Der Lautsprecher im Kontrollraum ließ Toviks Stimme ertönen, die durch das Brummen der Schiffsmotoren nur schwer auszumachen war. „Bist du da?"

„Ich höre dich." Qaiyaan fuhr fort, Fotos und Namen mit seiner Liste von Syndicorp-Anhängern zu vergleichen und war froh, dass Mek nach der harten Verbrennung schnell reagiert hatte und Qaiyaan wieder in Bestform war. Ohne ihn würde er jetzt total erschöpft in seiner Koje liegen.

„Hast du schon einen Käufer für unsere Fracht gefunden? Die Klimaanlage für den unteren Frachtraum verbraucht mehr Strom, als ich erwartet hätte."

Qaiyaan schaute vom Computer auf und blickte finster auf die Messgeräte an der Kontrollraumwand. Er hatte die geborgene Fracht vollkommen vergessen. Über die Hälfte des Inventars hatte sich als Medikamente herausgestellt, die in kryogenen Kisten gelagert wurden, und genau wie der Pod von Lisa hatten sie versagt. Um die Haltbarkeit der fragilen Bestände bis zu einem Verkauf zu gewährleisten, benötigte Tovik etwas Zeit, und die Brennstoffzellenmessgeräte flackerten in Richtung leer. Qaiyaan überprüfte die Sternenkarte, die er nach Krankenhäusern durchsucht hatte. „Wie weit kommen wir noch?"

„Drei Parsec bei voller Verbrennung. Vielleicht bis zu Bolisare. Weiter wohl nicht." Tovik ging immer auf Nummer sicher. Was er sagte, war die Wahrheit, er beschönigte nichts, ließ keinen Puffer für Fehler. „Wir mussten während den letzten drei Verbrennungen viel Energie auf die Schilde umleiten. Dieser Mechaniker auf Finofan muss an einigen der Rumpfverkleidungen gespart haben."

Der Mechaniker hatte das auf jeden Fall, aber es war alles, was Qaiyaan sich hatte leisten können. Seine Crew hatte keine Ahnung, wie zerbrechlich dieser Eimer voller Bolzen wirklich war – oder zumindest taten sie so, als wüssten sie es nicht. Er fasste schnell die Krankenhauseinrichtungen innerhalb eines Drei-Parsec-Bereichs zusammen. Hier am Rande eines nicht klassifizierten Sektors gab es nicht viel zu sehen. Es existierte ein garan'ukisches Krankenhaus in sechseinhalb Parsec, aber selbst, wenn die Methanatmer Dienste für Humanoide anboten, waren sie als Syndicorp-Verbündete bekannt, und Qaiyaan stand auf der Fahndungsliste.

Er weitete die Suche aus. Es gab einen Saluqan-Heiltempel auf Oruq Nine, vier Parsec hinter Bolisare in einem anderen nicht klassifizierten Sektor. Wenn sie anhielten und auf Bolisare entladen würden, könnten sie tanken und Lisa in etwa einer Woche nach Oruq Nine bringen. Würde sie so lange überleben? Leider hatte er keine weiteren Optionen für sie. Mek war ein Genie, aber der Hardship fehlte es an medizinischer Ausrüstung, von Medizin für Menschen ganz zu schweigen.

Als er den Kurs des Schiffes anpasste, ließ er verlauten: „Wir fliegen nach Bolisare. Ich werde daran arbeiten, einen Käufer zu finden."

„Aye, aye, Captain!" Das Brummen des Maschinenraums verstummte, als Tovik die Verbindung unterbrach.

Der letzte Besuch der Hardship auf Bolisare war keine vorbildliche Erfahrung gewesen. Noatak hatte einen Stimulanzienrückfall erlitten und geriet in eine Schlägerei mit einem prominenten Kartellgeschäftsmann. Die Besatzung war gezwungen gewesen, ihn aus dem Gefängnis zu holen. Zum Glück war Qaiyaans Kontakt auf dem Planeten auch auf der anderen Seite des Gesetzes unterwegs. Er würde keinen hohen Preis für die Medikamente im Frachtraum verlangen. Im Moment wäre es besser, alles billig loszuwerden, anstatt wertlose Fracht abwerfen zu müssen.

Qaiyaan fühlte sich schuldig, Lisa über ihr Kommunikationssystem angelogen zu haben, als er auf den Langstreckenkanal für den Schwarzmarkt des Planeten zugriff und eine verschlüsselte Nachricht schickte. Die Nachricht würde mindestens zwanzig Stunden brauchen, um seinen Kontakt zu erreichen, und weitere zwanzig für eine Rückmeldung. Bis dahin hätten sie bereits den halben Weg zu ihrem Ziel zurückgelegt. Er stellte die Navigationssteuerung auf Auto und ging in den unteren Laderaum, wo sie die Trainingsgeräte aufbewahrten. Seine Nerven klingelten von den Erholungsstimulanzien, und er musste seine Ionenenergie konzentrieren, wenn er einen klaren Kopf für Verhandlungen behalten wollte.

Er musste auch verhindern, dass er über die hübsche Menschenfrau in seiner Krankenstation nachdachte.

———

*L*isa drehte sich, setzte sich auf den Rand des Bettes und wickelte sich das Laken um ihren nackten Körper. Mek hatte schließlich die Krankenstation verlassen und über jemanden namens Tovik gemurmelt, der eine Lösung für seine fehlerhaften Sensoren haben könnte. Er war fest entschlossen, sich von ihrem Krebs ein Bild zu machen, und sie hatte ein schlechtes Gewissen, weil sie ihm so viel Arbeit machte. Und das völlig umsonst. Aber sie konnte es nicht riskieren, die Syndicorp-Technologie zu offenbaren. Immerhin war es gut möglich, dass diese Männer Piraten waren und sie an den Meistbietenden verkaufen würden, sobald sie herausfanden, was sie in sich trug. Der Untergang ihres Schiffes konnte kein Fehler gewesen sein. Jemand war hinter ihr her und sie musste Doug wissen lassen, wo sie war. Der einzige Weg dazu führte über Syndicorp.

Sie stellte ihre Füße auf den Boden und erhob sich auf wackeligen Beinen. Unerwartet verließen ihre Füße den Boden und sie hob beide Arme, um ihr Gleichgewicht nicht zu verlieren. *Hui.* Die Schwerkraft des Schiffes reichte kaum aus, um ihre Füße auf dem Deck zu halten. Das Laken um ihren

Körper löste sich und rutschte auf ihre Hüfte. Schnell packte sie das Material und befestigte es über ihren Brüsten. *Das könnte interessant werden.* Sie bewegte sich langsam auf die Tür zu. Während sie die Scans des Arztes gestört hatte, war ihr aufgefallen, dass der Computer in der Krankenstation nur an die internen Systeme angeschlossen war und sie einen finden musste, der mit der externen Kommunikation verbunden war. Nur so wäre sie in der Lage, eine Nachricht zu senden. Von dem Versuch, die Sonden des Arztes zu blockieren, tat ihr Kopf noch weh, aber sie wusste, dass sie die kleinen Roboter bald wieder bräuchte.

Vorsichtig schob sie die Tür auf und spähte in den schwach beleuchteten Korridor. Die kahle Wandverkleidung ähnelte allen Frachtschiffen, auf denen sie bereits in ihrem Leben gewesen war. *Verdammt.* Ein Teil von ihr hatte auf eines dieser Schrottschiffe mit freiliegenden Leitungen gehofft, die entlang der Wände jedes Korridors verliefen. Basierend auf der geordneten Art, in der Mek seine Krankenstation führte, hätte sie es besser wissen müssen. Sie musste einen Zugang finden, damit sie sich mental reinhacken konnte. Auch eine Kommunikationseinheit sollte funktionieren. Das wäre viel einfacher. Doug hätte sich von überall auf dem Schiff einhacken können, der glückliche Bastard. Er hätte sich den Kurs des Schiffes ansehen können und so sofort gewusst, wohin es unterwegs war.

Wenn sie an ihren Bruder dachte, fühlte sich ihre Brust beengt an. Wenn jemand hinter ihr her war, könnte er auch hinter Doug her sein. Er war Syndicorps Starschüler und viel wertvoller als sie. Sie betete, dass er in Sicherheit war und im Labor des Unternehmens auf sie wartete – wo auch immer das war.

Sie trat in den Korridor und lauschte, ob sich Besatzungsmitglieder näherten. Zu ihrer Rechten endete der Weg an einer verriegelten Klappe im Boden. Eine Tür gegenüber von ihr stand offen und enthüllte eine Toilette mit einem Duschkopf in der Decke. Links erstreckte sich der Korridor vielleicht fünfzehn Meter in Richtung einer großen Bucht. Geschlossene Türen auf beiden Seiten führten wahrscheinlich zu Besatzungsquartieren. Ihre Naniten pulsierten in ihren Fußsohlen und sagten ihr, dass sie für die gewünschte Technik die Klappe runter und dann nach rechts musste. In der Wand am anderen Ende des dunklen Korridors entdeckte sie etwas, das wie eine Abdeckung für Leitungen aussah. *Jackpot!*

Ihre nackten Füße rutschten über das Metalldeck, ihr Stand war in der geringen Schwerkraft unsicher. Sie erreichte die Metallabdeckung und öffnete sie. Von der Anstrengung kribbelten ihre Fingerspitzen. Im Inneren zeigten sich Kabel und Drähte, so verdreht wie in einem Schlangennest. Mit den Fingerspitzen fuhr sie über mehrere Drähte und suchte nach einer vertrauten Schnittstelle, während sich ihre Haut erhitzte und ihre Schläfen vor Anstrengung pochten. Verdammt, warum musste ein Schiff so viele separate Systeme haben?

Hinter einer der geschlossenen Türen durchbrach die Stimme eines Mannes ihre Konzentration. „Sie meinte, sie habe Syndicorp für medizinische Behandlung bezahlt, also muss sie irgendwo im galaktischen Netz verzeichnet sein."

„Nun, das ist sie nicht. Jedenfalls nicht unter dem Namen Lisa Moss."

Lisa unterbrach ihre Suche. Es war ihr nicht in den Sinn gekommen, dass es genauso belastend sein könnte, keine Präsenz im galaktischen Netz zu haben. Syndicorp hatte jede Spur von ihr und Doug entfernt, um zu verhindern, dass das

Schwarzmarktkartell von der Whylon-Station sie aufspürte und Rache an ihnen übte. Rückblickend hätte sie vorschlagen sollen, einen *Unfall* zu arrangieren, um den Anschein zu erwecken, dass sie und Doug gestorben seien und nicht nur verschwunden waren.

„Kälteschlaf ist nicht billig", fuhr eine der Stimmen fort. „Sie muss Geld haben, um sich das zu leisten, inklusive dem, was auch immer sie Syndicorp bezahlt. Sie hat uns wahrscheinlich einen falschen Namen gesagt, um sich zu schützen."

„Glaubst du, ihre Familie wird Lösegeld bezahlen?"

„Wir wissen noch nicht, ob sie zu Syndicorp gehört. Wir zielen nicht auf Bürger ab, die nichts mit dem Unternehmen zu tun haben."

„Ich sage ja nur, dass unser Rumpf repariert werden muss – diesmal wirklich – und der letzte Raub reicht nicht aus, um das zu bezahlen. Vor allem, wenn die Medikamente schlecht werden, bevor wir dort ankommen."

Raub? Ihr wurde schlecht. Diese Männer waren also wirklich Piraten. Hatten sie ihr Schiff angegriffen? Von ihren Naniten schienen sie jedoch nichts zu wissen.

„Lass mich das Geld zu den Kwirn-Tischen bringen und ...“

„*Usviiqe!* Als wir das letzte Mal auf Bolisare waren, mussten wir so schnell von dort verschwinden, dass ich meinen Abschiedskuss nicht bekommen habe.“

„Das Haus hat uns betrogen! Und dein schlaffer Schwanz ist nicht mein Problem, Tovik.“

Plötzlich flog die Tür vor ihr auf und sie schaute auf die breite Brust eines weiteren Monsters von einem Mann. Wie Tentakel hingen fünf lange Zöpfe von seinem Kinn, die unten mit einem Metallband zusammengerafft waren. Ihre Augen folgten ihnen nach oben und trafen auf ein finsteres, bronzefarbenes Gesicht.

Sie klammerte sich an das Laken um ihren Oberkörper und stotterte eine, wie sie hoffte, glaubwürdige Erklärung heraus, warum er sie hier draußen erwischt hatte: „Äh, wo ist das Badezimmer?“

Sein Blick ging zu der offenen Klappe in der Wand. „Da drin sicher nicht.“

„Tut mir leid. Ich verlor das Gleichgewicht und die Abdeckung fiel ab, als ich mich dagegen lehnte. So tollpatschig.“ Kichernd flatterte sie mit den Wimpern und versuchte, ein unschuldiges Lächeln aufzusetzen. „Glaubt ihr nicht an Schwerkraft auf eurem Schiff?"

Er packte sie um den linken Oberarm und seine Hand fühlte sich so unnachgiebig an wie das Metall in seinen Haaren. Sogar seine Fingerknöchel glänzten wie bronzene Kugellager. „Ich mag keine Lauscher."

Ein jüngerer Mann erschien in der offenen Tür, sein Bart an den Rändern etwas außer Kontrolle. „Sie ist wach?"

„Ich habe nicht gelauscht", krächzte sie. Ihr rasendes Herz sorgte dafür, dass ihr schwindelig wurde. „Ich wusste nicht einmal, dass jemand da drin ist, bis du die Tür geöffnet hast."

Die Hand um ihren Arm festigte sich. „Lügnerin. Dein Puls verrät dich."

Der jüngere Mann stemmte seine Hände in die Hüften, griff aber nicht ein. „Beruhig dich, Noatak. Sie ist unser Gast."

Lisa riss ihren Arm aus dem Griff des riesigen Mannes. „Ich will mit Qaiyaan sprechen."

Seine Oberlippe verzog sich höhnisch. „Oh, du wirst reden, das steht mal fest." Er richtete seinen Blick auf den jüngeren Mann. „Tovik, überprüfe die Leitungen. Stell sicher, dass sie nichts kompromittiert hat."

Wieder umklammerte er ihren Arm und riss sie in der geringen Schwerkraft fast von den Füßen. Er zog sie den Rest des Weges den Korridor hinunter und auf eine Brücke, die sie zu einem großen, zumeist leeren Frachtraum brachte. Unten führte ein oberkörperfreier Qaiyaan eine langsame Reihe von Bewegungen aus, die an Tai Chi erinnerten. Nur standen seine Füße nicht auf dem Boden, sondern an der Wand, als hätte die Schwerkraft jede Bedeutung verloren. Seine glänzenden Bronzemuskeln spannten sich an und tanzten auf eine Weise, die Lisas Mitte zum Beben brachte.

„Captain!", brüllte der Mann neben ihr.

„Was ist denn jetzt schon wieder, Noatak?" Qaiyaan drehte den Kopf und sein elektrisierender blauer Blick traf auf ihren.

Als ob die Schwerkraft plötzlich zurückgekehrt wäre, landete er mit dem Bauch nach unten auf dem Deck.

KAPITEL VIER

Laut fluchend erhob sich Qaiyaan. Seine Ellbogen pochten wegen des Aufpralls. Warum hatte die Frau ihr Bett verlassen? Was hatte sie in seinem Frachtraum zu suchen? Das dünne Tuch, das ihre Kurven umschmeichelte, enthüllte auf einem Schiff voller Männer zu viel Haut. *Und Noatak fasst sie an!* „*Usviiqe*, Noatak, was machst du da?"

Noatak hob eine Augenbraue. „Glaubst du, ich habe sie aus dem Bett gezogen?"

„Ich war auf der Suche nach einem Badezimmer." Lisa wehrte sich gegen Noataks Griff.

Der Erste Offizier kam ihr noch näher und Qaiyaan bewegte sich, bevor sein Gehirn folgen konnte. Noatak war nicht gerade für seine Gelassenheit bekannt. Jedoch sprach er auf eine Weise, die den Anschein darauf gab. Mit tödlicher Ruhe. „Sie hat das Gehäuse geöffnet. Und ich bin mir ziemlich sicher, dass sie gehört hat, wie Tovik und ich geredet haben.“

Qaiyaans primäres Herz sank. *Anaq!* Wie er Tovik kannte, hatten sie über Lisa gesprochen – ob sie sie ausliefern oder sie für … sich behalten sollten. Beides kam sicher nicht gut bei ihr an. Er nahm die Leiter und zog sich auf die Brücke, sein Blick fest auf seinen Ersten Offizier gerichtet. „Egal, was sie gehört hat, sie denkt jetzt das Schlimmste von uns, wenn du sie in einem Bettlaken durch die Korridore zerrst. Warum überprüfst du nicht unseren Kurs? Ich kümmere mich um sie.“

Noataks Nasenlöcher blähten sich auf, eine bronzene Wange zuckte. „Okay“, sagte er mit zusammengebissenen Zähnen. „Ruf, wenn du mich brauchst.“

„Ich denke, ich komme mit einer Frau in einem Bettlaken zurecht, danke.“ Qaiyaan schenkte Lisa ein versöhnliches Lächeln. Vielleicht könnte er alles herunterspielen. Und sie zurück zu ihrem Bett bringen …

Ihr Gesicht blieb hart und angespannt.

Qaiyaan holte tief Luft und deutete den Korridor hinunter. „Wie wäre es mit Kleidung für dich?"

Sie richtete das Laken an ihren Brüsten, drehte sich um und lief vor ihm. Sein Blick landete auf den beiden Hügeln ihrer Arschbacken. Verdammt dünnes Laken. Warum fühlte er sich von ihr so angezogen? Er hatte zuvor weibliche Passagiere an Bord gehabt und hatte nie einen Anflug von Verlangen verspürt. Denaida-Männer konnten mit fremden Arten nichts anfangen. Die Prostituierten, die er und seine Männer ab und zu benutzten, waren nichts anderes als ein Ersatz für Masturbation: Dreidimensionale Pornografie, die angesehen, gerochen, vielleicht leicht berührt oder geküsst werden konnte, aber für einen Höhepunkt nicht zu gebrauchen waren. Der Akt selbst würde jemanden, der kein Denaidaner war, ins Koma schicken.

Vielleicht war es zu lange her, seit er sich einer Erlösung hingegeben hatte. Wäre sie bereit, ihm ... zur Hand zu gehen? Ihm lief das Wasser im Mund zusammen, als er sah, wie sie sich bewegte, und stellte sich vor, wie das Laken sinnlich über ihre Kurven nach unten fiel und er die Hände auf ihren

Hüften platzierte. Diese nackten Beine würden sich um seine Taille legen, während er sich tief in ihrer Hitze verlor ...

Kopfschüttelnd versuchte er, seine eher offensichtliche Erregung zu verbannen. Sie hatte bereits genug unter Noataks barbarischen Anschuldigungen gelitten. Ganz zu schweigen davon, dass sie unheilbar krank war. Wie konnte er so verdammt unsensibel sein? Er musste seine Triebe unter Kontrolle bringen. Langsam lief er hinter ihr her und atmete tief ein, um sich wieder zu fassen. Sie folgte dem anhaltenden chemischen Duft des Kryo-Pods, aber darunter nahm er ein schwaches blumiges Aroma wahr, das ihn an Denaida-Flieder erinnerte. *Usviiqe, ich bin überfällig für Landurlaub.*

Am Ende des Korridors platzte Mekoryuk aus der Krankenstation, sein Gesicht dunkel vor Sorge. Er entdeckte sie und seine Schultern entspannten sich. „Oh, Ellam Cua sei Dank, es geht ihr gut. Sie sollte nicht das Bett verlassen!"

Qaiyaan schüttelte den Kopf bei der Reaktion des Arztes und führte Lisa in die Richtung seiner Kajüte. Seine Handfläche kribbelte bei dem Kontakt mit ihrer nackten Haut. „Es geht ihr gut. Ich werde sie dir gleich zurückbringen." Er fragte sich plötzlich, ob es weise war, mit ihr in seinem Schlafzimmer allein zu sein.

Lisa betrat den kleinen Raum und ging sofort zum anderen Ende, drehte sich um und blickte ihn mit verschränkten Armen an. „Du bist ein Pirat."

Er konnte es sich nicht erklären, aber die Anschuldigung tat weh. Er wollte sie einfach nur an der Saluqan-Einrichtung absetzen, ohne dass sie mehr über ihre Retter – über ihn – in Erfahrung bringen konnte. Er wollte ihr Retter in der Not sein. Er wollte eine Frau vor ihrer heimtückischen Krankheit retten, weil ihm das bei seinem eigenen Volk nicht gelungen war. Vielleicht war es noch nicht zu spät. Er hatte keine Ahnung, was sie tatsächlich wusste oder welche Vermutungen sie gerade anstellte. Er ging zu seinem Schrank und kramte durch seine geringe Auswahl an Kleidung. „Wie bist du zu dem Schluss gekommen?"

„Verarsch mich nicht", sagte sie. „Du bist nicht einfach auf ein verlassenes, im Weltraum schwebendes Schiff gestoßen."

Er wählte seine weichste, schwarze Tunika und einen Gürtel. Seine Hosen wären viel zu lang für sie, aber vielleicht könnte das Oberteil als Kleid dienen. Er drehte sich um und hielt die Pirelux-Seide an beiden Schultern hoch, um die Länge zu beurteilen. „Du hast Recht. Wir haben einen Notruf abgefangen."

Sie spitzte ihre vollen Lippen. „Gleich nachdem du mein Schiff ausgeschaltet hast. Hör auf mit deinen Ausflüchten. Ich kenne deinen Schlag. Ich kann dir versichern, dass es niemanden gibt, der Lösegeld für mich bezahlt, also kannst du mich genauso gut an der nächsten Raumstation absetzen."

Er sah die Stärke direkt unter ihrer Oberfläche, einen soliden Charakter, der in jedem Schlag ihres Herzens zu hören war, und er wusste, dass er mit einer Frau sprach, die viel *Anaq* durchgemacht hatte. Hier stand mehr auf dem Spiel, als sie zugeben wollte. Er ging zwei Schritte vorwärts und bot ihr sein Kleidungsstück an. „Hätte ein Pirat deinen Kryo-Pod nicht in dem Moment abgeworfen, als das Syndicorp-Schiff aufgetaucht war? In der Hoffnung, sie würden stoppen, um dich an Bord zu holen?"

Ein finsterer Blick legte sich über ihre Gesichtszüge, und sie riss ihm das Oberteil aus der Hand. „Und warum hast du das nicht?"

„Sie hatten gerade erst dein Passagierschiff in Stücke gesprengt." Er zog eine Augenbraue hoch und legte den Gürtel auf den Schreibtisch neben ihr. „Ich musste davon ausgehen, dass sie dir dasselbe antun könnten.“

Ihr glänzendes dunkles Haar tauchte gerade aus dem Kopfloch der Tunika hervor. Ihr finsterer Ausdruck verlor an Härte und ihre cremige Haut war nun kreidebleich. „Warum sollten sie das tun?“

„Ich habe gehofft, dass du mir das sagen könntest. Gibt es einen Grund, warum Syndicorp dich vielleicht tot sehen will?“ Er setzte sich auf den Rand seines Bettes. Während er ihre Körpersprache im Blick behielt, streckte sein ionischer Sinn die Hand aus, um die Nuancen ihres Herzschlags, ihrer Atmung und ihrer Hauttemperatur zu identifizieren. An die empathische Kraft einer Frau seiner Spezies kam er nicht heran, aber er konnte körperliche Veränderungen spüren, die einen Hinweis auf verborgene Gedanken gaben.

Lisa wandte sich von ihm ab und schob ihre Hände in die Ärmel. Ihr Körper zitterte, aber ihre Stimme blieb stark. „Du lügst.“

„Warum sollte ich in dem Punkt lügen?“

„Um mich zum Reden zu bringen. Sodass ich dir meine Geheimnisse verrate. Wenn ich Geheimnisse hätte, natürlich.“ Ihr Puls beschleunigte sich und sagte ihm, dass sie sehr wohl

Geheimnisse hatte. Der Saum seines Oberteils fiel bis zu ihren Knien. Immer noch von ihm abgewandt, nahm sie den Gürtel, den er neben ihr auf den Schreibtisch gelegt hatte, und ließ das Laken fallen. Es bauschte zu ihren Füßen, während sie den Gürtel um ihre Taille befestigte. Diese langen Beine, die unter dem Saum des Kleidungsstücks hervorstachen, brachten seinen Schwanz zum Zucken.

Er lehnte sich vor und stützte sich mit den Ellbogen auf den Knien ab, um seinen prallen Schritt zu verbergen. „Syndicorp ist also hinter dir her."

„Das habe ich nie gesagt. Du hast mein Schiff angegriffen und mich gefangen genommen. Aber ich sage dir, niemand wird sich nach mir erkundigen." Sie rollte die zu langen Ärmel hoch, als wäre sie es gewohnt, stets in Männerkleidung herumzurennen.

Eifersucht verursachte ein leises Knurren in seiner Kehle, als er an Situationen dachte, in denen sie die Kleidung eines anderen Mannes getragen haben könnte. Er holte tief Luft, um das Gefühl zu verdrängen. „Und ich sage dir, wir haben dein Schiff nicht angegriffen. Wir haben auf einen Notruf von dem Piraten reagiert, der getan hat, wofür du uns gerade die Schuld gibst. Dann tauchten die Syndicorp-Trooper auf und zwangen uns, die Flucht zu ergreifen. Sie haben alles zerstört, was wir zurückgelassen haben."

Sie drehte sich zu ihm um und kniff die Augen zusammen. „Wenn ihr keine Piraten seid und nur angehalten habt, um einem Schiff in Not zu helfen, wie ist dann mein Kryo-Pod auf deinem Schiff gelandet?"

„Ich habe nie gesagt, dass wir keine Piraten sind", knurrte er. Langsam hatte er wirklich genug von den Wortspielen. Er wollte endlich an die Wahrheit kommen. Er wollte, dass sie verstand, dass er auf ihrer Seite war, sollte es Syndicorp auf sie abgesehen haben. Etwas, das sie in der Krankenstation gesagt hatte, kam zu ihm zurück. „Warum hast du dich auf Kälteschlaf eingelassen, wenn deine Chemie die Elektronik stört?"

Ihre Wangen färbten sich rot. „Es ... ich bin ... das ist wahrscheinlich der Grund, warum der Pod gescheitert ist."

Er stand auf und stellte sich direkt vor sie. Auch ohne seinen ionischen Sinn wusste er, dass sie log. „Welche Art von Krebs hast du gleich noch?"

Sie leckte sich die Lippen. Dann wandte sie den Blick ab und Schweiß brach auf ihrer Stirn aus.

„Du hast keinen Krebs." Sie musste seine Worte nicht bestätigen. Unter seinen Handflächen spürte er, wie das Adrenalin ihr System überflutete – die bebenden Muskeln, die erhöhte Herzfrequenz, die flache Atmung. Sogar ihre Nervenenden schienen an die Oberfläche zu steigen, nach ihm zu greifen und ihm zu sagen, dass sie sich der Nähe ihrer Körper genauso bewusst war wie er. Oder vielleicht war das nur Wunschdenken. Er hatte sich von dieser Frau manipulieren lassen. Wegen ihr hatte er Entscheidungen getroffen, die sein Schiff und seine Crew gefährdeten. *Damit ist jetzt Schluss!*

Er packte ihre Schultern und sah in ihre vor Angst aufgerissenen Augen. Gut. Ja, sie sollte ihn fürchten. Was auch immer nötig war, um die Wahrheit aus ihr herauszubekommen. „Das Passagierschiff, auf dem du warst, hatte nicht mal Sitze, sondern nur Fracht. Sogar die Ausrüstung der Krankenstation wurde entfernt. Mir scheint, wer auch immer dich an Bord gebracht hat, war es egal, ob du lebst oder stirbst. Bedenkt man, dass Syndicorp sein eigenes Schiff zerstört hat, vermute ich, dass sie es sogar bevorzugen, dich tot zu sehen. Wenn du meine Hilfe willst, ist es an der Zeit, mit der Wahrheit rauszurücken."

KAPITEL FÜNF

Lisas Herz drohte ihr aus der Brust zu springen. Ihr Geheimnis wurde gelüftet.

Aber mit dem, was Qaiyaan gerade enthüllt hatte, war sie sich nicht mehr sicher, ob das noch eine Rolle spielte. „S-Syndicorp hat was getan?"

„Sie haben das Piratenschiff zerstört, das dich angegriffen hat. Dann zogen sie zu deinem Schiff und feuerten. Mehr als einmal. Es ist nur noch Weltraumstaub übrig." Seine blauen Augen glühten mit einer intensiven Schutzbereitschaft, die sie bisher nur von ihrem Bruder kannte. Sie wurde an die Zeit erinnert, als sie vierzehn Jahre alt war und versucht hatte, einen Betrunkenen in einer Seitengasse auf der Whylon-Station um Geld zu betrügen. Nur stellte sich heraus, dass er doch nicht so betrunken war. Er hatte sie schließlich in die Enge getrieben und sie geschlagen, bis Doug sie gefunden und den Kerl vertrieben hatte. An dem Tag hatte ihr Bruder sie angesehen, wie es jetzt Qaiyaan tat. Mit einem Blick, der schrie: Was bitte sollte das?

Dennoch wollte sie nicht glauben, dass Syndicorp tatsächlich versuchen könnte, sie zu töten. Ihr Bruder hatte versprochen, dass sie in Sicherheit war, solange er lebte. „Vielleicht haben sie mein Schiff versehentlich getroffen, als sie auf die Piraten geschossen haben.“

Qaiyaan schüttelte den Kopf.

Sie wusste, dass er nicht log; ihre Naniten konnten ihn wie Codezeilen lesen. Sie bekam Gänsehaut. Mit dieser Geschichte stimmte etwas nicht. Und doch klang es vertraut. Cyberempfindliche Teilnehmer, die das Programm nicht bestanden, ließen ihre Naniten neutralisieren, erhielten ein Abfindungspaket und wurden freigelassen. Nur ... hörte man nie wieder von ihnen. Es gab Gerüchte, dass Syndicorp mehr als nur die Naniten neutralisierte. Angeblich beseitigten sie alle möglichen Lecks im Programm. Obwohl Lisa bei mehr Tests versagt hatte, als sie erfolgreich zu absolvieren, schien Doug darauf zu bestehen, dass Syndicorp sie niemals aus dem Programm werfen würde. Sie brauchten sie als Druckmittel, um seine Teilnahme zu sichern.

Ist es möglich, dass ihm etwas passiert ist? Könnten sich die neuen Tests als tödlich herausgestellt haben?

Ihr wurde schlecht und sie stolperte zum Bett, auf dem sie zusammenbrach. *Nein.* Sie waren Zwillinge. Wäre er tot, würde sie das wissen; da war sie sich sicher. Sie konnte sich ein Leben ohne ihren Bruder an ihrer Seite nicht vorstellen. Wenn Doug tot war, würde Syndicorp sie als Belastung sehen. Sie würden sicherstellen, dass sie beseitigt wurde, um zu verhindern, dass ihre Naniten in die Hände eines Konkurrenten fielen. *Er kann nicht tot sein! Er darf nicht tot sein!* Sie weigerte sich, das zu glauben.

Qaiyaan streckte einen Arm aus, um sie zu stützen, und half ihr dann, sich neben ihn zu setzen. Dankbar lehnte sie sich an ihn und ihre Naniten summten. „Ich muss meinen Bruder finden."

„Was hat dein Bruder mit alldem zu tun?"

Sie biss sich auf die Lippe und überlegte, wie viel sie ihm mitteilen sollte. Qaiyaan war ein Pirat, und erfuhr er von ihren Naniten, dann hielt ihn nichts mehr davon ab, sie an den Meistbietenden zu verkaufen! Jedoch musste sie ihm zumindest etwas sagen, wenn sie seine Hilfe wollte. So viel, dass er ihr glaubte, aber so wenig, dass sie sich und ihre wahren Absichten nicht verriet. *Erzähl ihm von Dougs Beteiligung. Das sollte reichen.* Sie war sich seines Harz-Zeder-Duftes bewusst, der ihre Sinne erfüllte, und so holte sie tief Luft und begann: „Er wird von Syndicorp als Testperson festgehalten. Streng geheimes Projekt. *Er* wird als streng geheim behandelt."

Der Arm hinter ihr spannte sich an. „Testperson für was?"

Spiele das verängstigte Mädchen. Sie schluckte schwer, drehte sich um, sah ihm direkt in die Augen und sagte mit zittriger Stimme: „Ich soll niemandem davon erzählen."

„Ich bin kein Freund von Syndicorp." Der bedrohliche Ton in seiner Stimme wäre erschreckend gewesen, hätte er es damit auf sie abgezielt. „Wenn du meine Hilfe willst, brauche ich mehr."

Tief atmete sie ein. Die Vorstellung, dass dieses riesige Bronzealien als ihr Beschützer fungierte, fühlte sich ... beruhigend an. Und wenn Doug in Schwierigkeiten steckte, hatte sie keine Zeit, dieses

Spiel zwischen ihnen in die Länge zu ziehen. Aus dieser Nähe bemerkte sie wieder den glänzenden, polierten Bronzeschimmer von Qaiyaans Haut. Er sah aus wie einer der High-End-Cyborgs, die als Bodyguards eingesetzt wurden. Aber seine Haut fühlte sich zu lebendig an, was sie auf ablenkende Weise erregte. *Biete einfach einen weiteren Bissen Wahrheit an.* „Cyberempfindlichkeit. Eine psychische Fähigkeit, sich in Computer zu hacken.“

Qaiyaan machte einen überraschten Laut. „Psychisches Computer-Hacking. Interessant. Wie ist er zu einem Testobjekt geworden?“

„Doug war ein Hacker für das Kartell und kannte viele Hintertüren.“ Sie wollte nicht auf die ganze Hintergrundgeschichte eingehen. Wie sie sich in einen Kartellschmuggler namens Seloh verliebt hatte. Wie er einen Job verpfuscht und dann versucht hatte, zu rennen. Der Anführer der Zelle statuierte ein Exempel an ihm, indem er ihn zu Tode folterte, und sie war nicht in der Lage gewesen, ihm zu helfen. Danach hatte sie Doug angefleht, nach einem Ausweg zu suchen. „Syndicorp hat uns einen Deal angeboten.“

„Du hast dich gegen das Whylon-Kartell gewandt? Das ist ein guter Weg, um tot zu enden.“

„Ich weiß. Aber es war das oder die

Gefängnisminen auf Nunam-qa. Der Cyberempfindlichkeitstest war eine Art Zeugenschutzprogramm."

Ein angewidertes Knurren kam aus Qaiyaans Kehle. „Sklaven für Syndicorp oder Hundefutter für das Kartell. So oder so, du verlierst."

Sie erschauerte, als sie daran dachte, was sie von den Vollstreckern des Kartells zu erwarten hatte. Im Gegensatz zu Syndicorp würde das Kartell keine Attentäter schicken, sondern Folterer. „Als die Ärzte ihn in eine neue geheime Testeinrichtung verlegen wollten, weigerte er sich, ohne mich zu gehen." Sie holte schaudernd Luft. Sie vermisste ihn so sehr. „Er und ich sind Zwillinge. Wir haben viel zusammen durchgemacht."

Qaiyaan hatte immer noch seinen Arm um sie. Er drückte sie sanft und schon füllten sich ihre Augen mit Tränen. Diese zutiefst männliche Stärke war so tröstlich. Sie konnte sich nicht erinnern, wann sie dies das letzte Mal erfahren hatte. Diesem Mann die Wahrheit zu sagen, war viel zu einfach. *Vertraue ihm nicht, nur weil er wunderschön ist*, erinnerte sie sich. *Seloh war auch wunderschön, und wie ist das geendet?* Männer auf Distanz zu halten, bewahrte sie vor Herzschmerz. Ihr Bruder war der einzige Mann, dem sie ihr wahres Ich offenbarte.

Aber sie sah kein Problem in dem, was sie Qaiyaan bisher erzählt hatte. Sie fuhr fort: „Die Ärzte in der Einrichtung haben alles getan, um Doug zur Zusammenarbeit zu bewegen. Dann wachte ich eines Morgens auf und er war weg. Die Ärzte sagten mir, er habe seine Meinung geändert." Ihr Herzschlag verdoppelte sich, als sie sich an die letzten Tage ohne ihn erinnerte. „Er würde nie gehen, ohne es mir zu sagen. Niemals."

„Denkst du, sie haben ihn entführt?"

„Ich wusste, dass sie das haben. Ich habe versucht, mich in die Syndicorp-Systeme zu hacken, um herauszufinden, wohin er gegangen ist – wohin sie ihn gebracht haben –, aber sie hatten Firewalls innerhalb von Firewalls, von denen die meisten zu Sackgassen führten." Sie schnaufte ein Lachen heraus. „Wäre ich es gewesen, die verschwunden wäre, hätte Doug seine Cyberempfindlichkeit benutzt."

„Das beantwortet aber nicht, wie du in einem Kryo-Pod auf einem entkernten Passagierschiff mitten in einem nicht klassifizierten Sektor gelandet bist."

Sie leckte sich die Lippen und erinnerte sich an den schrecklichen Moment, als ihr die Chance geboten worden war, sich ihrem Bruder anzuschließen. „Ein Vertreter Syndicorps rief mich an und teilte mir mit, dass Doug sich weigerte, einen der Tests in der neuen Einrichtung durchzuführen, bis ich mich ihm anschließe. Ich bestand darauf, mit ihm zu sprechen, und sie ließen mich. Er jedoch konnte nicht viel sagen. Was er sagte, war, dass sie mich zu ihm bringen würden, wenn ich dem Kälteschlaf zustimme."

„Warum?"

Ihre Kehle und ihre Brust fühlten sich beengt an, als würde sie die Hilflosigkeit der Kältebox noch einmal erleben. „Im gefrorenen Zustand bin ich nicht in der Lage, auf die Reiseprotokolle oder die Reiseziele zuzugreifen. Sie wollen den Standort des Labors geheim halten." Darüber hinaus hatte die Kryo-Kapsel ihre Naniten für die Raumfahrt stabilisieren sollen; sie war nicht nur furchtbar beim Hacken, nein, ihre Naniten waren zudem etwas, was die Ärzte *angeknipst* nannten, denn sie reagierten nicht gut auf externe Stimulation, wie etwa eine Verbrennung. Aber sie konnte Qaiyaan nichts von ihren Naniten erzählen. „Jetzt frage ich mich, ob sie jemals beabsichtigten, mich zum Labor zu bringen. Ich mache mir Sorgen um Doug, und ich weiß nicht, wie ich ihn finden soll."

Qaiyaans attraktives Gesicht zuckte vor Abscheu. „Du kannst Syndicorp nicht vertrauen.“

„Das habe ich Doug auch gesagt, als wir zum ersten Mal am Testprogramm teilnahmen, aber er sagte, er würde alles tun, um mich zu beschützen.“ Sie schüttelte den Kopf. „Er war schon immer überfürsorglich.“

„Das wäre ich auch.“ Seine Stimme war tief und verführerisch, und ja, fürsorglich auf eine Weise, die sie überraschte.

Sie schüttete ihr Herz vor diesem Mann aus, diesem Fremden, von dem sie absolut nichts wusste. Ihr Bauchgefühl brüllte regelrecht eine Warnung, ihm nicht zu vertrauen – ein unbekanntes Gefühl für eine Trickbetrügerin, die auf der Whylon-Station aufgewachsen war. Sie musste das Gespräch in eine andere Richtung lenken, um sich wieder zu fassen. Erst dann würde sie entscheiden, wie viel sie ihm noch sagen sollte. „Hast du Geschwister?“

Bis zu diesem Moment hatten seine Augen aufmerksam und besorgt gewirkt. Jetzt zeigten sie einen Sturm. Hinter ihr spannten sich die Muskeln in seinem Arm an. „Nicht mehr.“

„Oh.“ Aus irgendeinem Grund hatte sie diese Antwort nicht erwartet. Derselbe Instinkt, der ihr sagte, sie solle ihm vertrauen, drängte sie nun, ihn zu trösten, und sie war nicht gerade der fürsorgliche Typ. Sie legte eine Hand auf sein Knie. „Das tut mir so leid. Was ist passiert?"

Er schüttelte den Kopf, sein geflochtener Bart glitt dabei über seine Brust. „Syndicorp hat sie getötet."

Ihr Mund trocknete aus. Möglich, dass sie mehr mit diesem Piraten gemeinsam hatte, als sie sich vorgestellt hatte. Ihre Eltern waren in jungen Jahren gestorben und hinterließen kaum mehr als vage Erinnerungen an ihre Existenz. Jetzt hatte sie nur noch Doug. Und wenn er tot war ...

Bevor sie eine weitere Frage stellen konnte, fuhr Qaiyaan fort: „Syndicorp hat meine gesamte Rasse ausgelöscht."

So wie er es sagte, so sachlich, ließ ihre Sorge um Doug explodieren. „Deine gesamte Rasse? Wie?"

Qaiyaans Augen blitzten wie Sonneneruptionen auf. „Ein genetisch verändertes Virus, das eigentlich harmlos sein sollte. Es verursachte bei deniadanischen Frauen eine chromosomale Mutation ähnlich zu Krebs und breitete sich wie eine Pest über dem Planeten aus. Jede Frau starb innerhalb weniger Monate, nachdem Syndicorp mit den Tests begonnen hatte."

Lisas Magen drehte sich. Kein Wunder, dass er so sehr darauf bedacht war, sie zu retten. Die Krankheit war für ihn persönlich. Sie war normalerweise immun gegen Schuldgefühle, aber im Moment erschwerte ihr Scham das Atmen. Ihre Lüge setzte seinen Verlust herab. Ein ursprünglicher Teil in ihr drängte sie, diesem Mann alles zu sagen, was gerade gegen eine Schutzmauer prallte, die sich nach einem harten Leben und der Angst vor dem Kartell errichtet hatte. *Jedes Mädchen braucht eine Geheimwaffe,* erinnerte sie sich an ein Mantra aus ihrer Zeit in dem Elendsviertel der Raumstation. Damals war es ein Messer in ihrem Stiefel oder eine magnetisch aufgeladene Haarnadel zum Knacken von Schlössern gewesen. Waren Naniten wirklich so anders? Sie schüttelte die Schuldgefühle ab. *Sorge dafür, dass er weiter von sich selbst redet.* „Warum sollte Syndicorp deinen Planeten infizieren?"

„Feldtest eines viralen Herbizids." Qaiyaans Augen wurden hart und hoffnungslos, als er auf die Wand über ihrer Schulter starrte. „Als sich herausstellte, dass das Virus auf verschiedene Spezies übergeht, sterilisierte Syndicorp den gesamten Planeten – inklusive der Überlebenden."

Hatte sie wirklich gedacht, es könnte nicht schlimmer werden? Nur Planeten ohne Leben wurden sterilisiert. Dies passierte meistens, um ihn zu kolonisieren. „Das ist ... unvorstellbar. Warum war es nicht überall in den Nachrichten?"

Qaiyaan zuckte fast unmerklich mit den Schultern. „Syndicorp kontrolliert die Medien. Sie lenkten die Aufmerksamkeit auf den Bürgerkrieg im Pulati-Sektor und leiteten alle Schifffahrtswege um. Das ist jetzt fünfzehn Jahre her. Syndicorp hat dafür gesorgt, dass sich niemand an den Planeten Denaida-daru erinnert."

Lisa war sprachlos. Es gab immer Gerüchte über so etwas, aber niemand hatte es je für möglich gehalten. Eine solche Gräueltat könnte nicht ohne Auswirkungen geschehen, oder? Gegenschlag? Rache? Sie sah Qaiyaan nun mit neuen Augen. „Du wurdest zum Piraten, um Rache zu üben."

Er richtete seine Aufmerksamkeit auf sie, die Leere in seinen Augen plötzlich schärfer als jedes Messer. „Ich werde helfen, deinen Bruder aus den Händen von Syndicorp zu befreien."

Ein Hauch von Erleichterung überflutete Lisas Körper, so intensiv, dass sie an Kraft einbüßte. Sie lehnte sich an Qaiyaans Arm und holte tief Luft. „Danke."

Seine Hand glitt über ihren Rücken, unter ihrem Haar zu ihrem Nacken, seine Handfläche warm auf ihrer nackten Haut. Ihr Herz setzte einen Schlag aus. Vielleicht waren es die Endorphine, die bei seinem Versprechen auf Hilfe durch sie strömten, aber seine Lippen sahen gerade unheimlich verlockend aus. Sie wollte sein Versprechen auf Hilfe feiern. Er war ihr Komplize, zumindest vorübergehend, denn genau wie sie hatte er ein Problem mit Syndicorp und sah zudem die anhaltende Gefahr in den Machenschaften des Kartells. Sie leckte sich die Lippen und sah, wie seine Augen der Bewegung folgten. *Er will dich auch.*

Ohne groß nachzudenken, lehnte sie sich für einen Kuss nach vorn.

KAPITEL SECHS

Der Kontakt mit menschlichen Lippen ließ Qaiyaans Verstand durchbrennen und sandte einen feurigen Strom der Lust durch seinen Körper. Die Hand, die er an ihrem Hals hatte, um ihren Puls deuten zu können, überschwemmte ihn nun mit bodenlosem Verlangen. Glühend heiß floss sein Blut durch seine Adern und steuerte direkt auf seine Mitte zu. Sein Schritt fühlte sich augenblicklich zu beengt an und er reagierte, indem er sich an sie presste.

Sie schob die Finger in seine Haare und seine Kopfhaut kribbelte. Heiliger Ellam Cua, er hatte es nicht für möglich gehalten, dass jemand, der nicht von seinem Planeten war, eine solche Reaktion auf ihn haben konnte, wenn auch nur körperlich. Er stöhnte an ihren Lippen. Er sollte das nicht tun. Er sollte sich von ihr zurückziehen. Im Gegensatz zu seinen Männern hatte er sich noch nie bei einem Vorspiel mit einer Frau wohl gefühlt, da er wusste, dass er vor der Vollendung aufhören musste. Aber ihr Kuss ... Ihr Kuss nährte seine Seele wie ein Schluck Wasser seinen Körper nach einer Wanderung durch die favianische Wüste.

Ihr Mund bewegte sich mit sanfter Beharrlichkeit an seinem, und er zögerte nicht. Endlich beanspruchte er ihre Lippen für sich. Vielleicht würden ein paar Momente der Glückseligkeit nicht schaden. Er wickelte seinen freien Arm um ihre Taille, zog sie näher und genoss ihren weichen Körper an seinem. Jeder Teil von ihr fühlte sich an, als sollte er gegen seinen Körper gepresst sein. Sie roch nach denaidanischem Flieder und Honig, warm und reichhaltig und so köstlich.

Er beugte sich über sie, plünderte ihren Mund wie ein hungriges Tier und schob seine Zunge tief in sie. Bevor er sich versah, lag sie mit dem Rücken auf seiner Matratze, ihre Brüste drückten sich gegen seine Brust und seine Hand packte ihr seidenweiches Haar. Jede Stelle, an der seine Haut mit ihrer in Berührung kam, spannte sich vor Verlangen an und sein qualvoll erregter Schwanz pulsierte an ihrer Hüfte. Wie würde es sich anfühlen, sich in ihrer heißen Enge zu verlieren? Seit seinen wenigen stümperhaften sexuellen Erfahrungen mit denaidanischen Frauen waren fünfzehn Jahre vergangen, sein Körper jedoch hatte es nicht vergessen. Sein Schwanz war vielleicht nicht in der Lage, dieses Vergnügen zu erleben, aber er konnte sie dennoch berühren und von ihr kosten. Er könnte sie dazu bringen, seinen Namen zu stöhnen. Wie würde sie klingen, wenn sie käme? Ein paar intime Stunden mit ihr würden ihn in den künftigen Jahren der Einsamkeit nähren.

Er schob eine Hand über das dünne Seidenoberteil und bedeckte ihre Brust. Die sexuelle Vorfreude, die seinen Körper beherrschte, raubte ihm den Atem.

Auch sie schien sich nach ihm zu verzehren. Ihre Zunge passte sich seinen Bewegungen an, strich über seine Zähne und seine Lippen. Der Atem, den sie teilten, sammelte sich tief in seiner Brust und erfüllte ihn mit unglaublicher Wärme. Seine Hand wanderte über ihren Brustkorb nach unten und legte sich an ihre Taille, sein Daumen streichelte ihren Hüftknochen, und er war sich ihrer Nacktheit unter der dünnen Seide nun umso mehr bewusst. Der Wunsch, sie zu erkunden, ihre feuchte

Pussy zu finden und ihre Hitze zu enthüllen, übermannte ihn.

Einladend wölbte sie sich ihm entgegen und rotierte mit der Hüfte. Er stöhnte wieder, wohl wissend, dass dieser flüchtige Genuss eine Illusion war. Er konnte sich niemals vollkommen auf sie einlassen. Aber der Wunsch, sich zu nehmen, was er konnte, bevor die Realität über ihren Köpfen zusammenbrach, war überwältigend. Er bewegte seine Hand wieder nach oben, wo eine Brust auf ihn wartete und ein harter Nippel gegen den Stoff drückte. Er umfing ihr weiches Fleisch und umkreiste mit dem Daumen ihre Knospe. Die Brustwarze wurde noch härter und ein vergnügliches Wimmern entrang ihr. Sein Schwanz zuckte bei dem Laut und seine ionischen Sinne griffen nach ihr und versuchten, sie in Vorbereitung auf den intimsten Akt zu umhüllen. Das verschwommene Gefühl ihrer eigenen Resonanz traf ihn. Es fühlte sich schwammig an, weich und einladend. Eine Einladung für ihn, nachhause zu kommen. Diese sexuelle Resonanz war ein tiefer Brunnen, den nur ein anderer seiner Leute erreichen konnte. Heiliger Ellam Cua, wenn sie so weitermachte, würde er seine Kontrolle verlieren.

Er unterbrach den Kuss, hob den Kopf und

blickte auf sie herunter. Ihre elfenbeinfarbene Haut war nicht wie die glänzende Bronze eines Denaidaners, aber sie hatte eine ganz eigene Satinqualität. Ihre Wangen waren entzückend rosa, die Pupillen ihrer schiefergrauen Augen weit und dunkel, als sie mit geöffneten Lippen zu ihm aufsah. Ihre Fingerspitzen streichelten entlang seines Kinns und glitten dann über seinen Bart nach unten. Die Berührung brachte sein sekundäres Herz zum Vibrieren. Das war nicht normal. Er legte eine Hand um ihre kleinere und stoppte ihre Liebkosung, damit er klar denken konnte. „Bist du sicher, dass du ein Mensch bist?"

„Bin ich." Ihre gehauchte Antwort ließ seinen Schwanz erneut schmerzhaft pochen. „Wie heißt deine Spezies gleich noch?"

„Denaidaner." Er atmete tief ein und wurde mit ihrem Duft belohnt. Nun fragte er sich, ob das Unmögliche hier vor ihm lag, sowohl geschockt als auch ermutigt durch das, was er fühlte. Könnte sie eine Gefährtin sein? Die Möglichkeit zu testen, könnte für sie tödlich enden. Während des Höhepunktes eines Denaida-Mannes strahlte er eine Ionenfrequenz aus, von der Natur entworfen, um eine Frau seiner Spezies zum Eisprung zu bringen. Eine erfolgreiche Paarung war bindend.

Dauerhaft. Unbestreitbar. Die erforderliche Ausrichtung zwischen den Gefährten konnte regelrecht als spirituell bezeichnet werden, eine bemühte Kombination beider Parteien, eine empathische Verbindung zu schaffen, die nur durch den Tod gebrochen werden konnte.

Leider zerstörte die Paarungsfrequenz die Synapsen einer Gefährtin, wenn sie keine Denaidanerin war.

Aus diesem Grund verweigerte sich jeder Denaidaner mit Selbstachtung dem Vergnügen einer Frau. Qaiyaan hatte gehört, dass Männer in anderen Piratencrews sich nicht an solche Standards hielten, aber was einer dieser Kapitäne erlaubte, war nicht Qaiyaans Problem. Was von seinem Volk übrig geblieben war, unterstand keiner zentralen Regierung mehr, und jeder Captain konnte seine eigenen Regeln aufstellen. Qaiyaans Besatzung bestand aus ehrenwerten Männern, und das war alles, was ihn interessierte. Er weigerte sich, das Leben einer Frau mit seiner ungezügelten Leidenschaft zu gefährden.

Lisas Finger spielten wieder mit seinem Bart, und seine Augen waren dabei, in seinen Kopf zurückzurollen. Er konnte es nicht tun, durfte es nicht tun. Dennoch spürte er ihre sexuelle

Resonanz, so wie er auch ihre Brüste an seinem Oberkörper wahrnahm. Was, wenn er gerade die einzige Frau in der Galaxie ablehnte, die zwar keine Denaidanerin war und doch auf wundersame Weise perfekt zu ihm passte? Ihre Lippen zogen feurige Küsse über seinen Kiefer und arbeiteten sich nach oben, bis ihre Zungenspitze gegen seinen linken Mundwinkel drückte. Er stöhnte. Es musste einen Weg geben, seine hoffnungsvollen Gedanken zu testen. Und wenn es nur dazu führte, dass er endlich von ihr auf Abstand ging. Was, wenn er statt körperlicher Erlösung, was einen Kontrollverlust bedeutete, nur seine ionische Kraft einsetzte? Er könnte seine Frequenz drosseln. So könnte er ihre Macht testen und sehen, ob sie seine akzeptierte. Wenn sie Unwohlsein aufzeigte, würde er sich zurückziehen.

Er atmete tief durch und sandte einen zaghaften Impuls aus, sanfte Ranken seiner Macht entlang der äußeren Hülle ihrer Resonanz. Die Art, die er einer Frau schicken würde, um zu sehen, ob ihre Vibrationen möglicherweise mit seinen übereinstimmten. Lisa erschauerte, ihre Finger krallten sich in seine Schultern. Ihre Hüfte hob sich wieder zu seiner und sein Schwanz zuckte.

„Gott, so gut", murmelte sie an seinen Lippen.

Er presste seinen Mund auf ihren und verschlang ihre Worte. Ja, es war gut. So unglaublich gut. Seine Frequenz mit ihrer zu verbinden, fühlte sich so natürlich an, als würde man nach einem endlosen Aufenthalt in der Leere ohne Raumanzug wieder einen Atemzug nehmen. Während er sie weiter küsste, öffnete er seine Augen und betrachtete die langen Wimpern, die Schatten auf ihre Wangen warfen, und die dünnen, blauen Venen auf ihren Lidern. Sie hob ein Bein und legte es um seine Hüfte, was ihn näher an die Hitze zwischen ihren weißen Schenkeln brachte. Er presste sich gegen sie und fantasierte, wie es sich anfühlen würde, in ihre Enge zu gleiten. Er schob seine Zunge in sie und schickte einen weiteren Ionenimpuls.

Ihre Lider flogen auf und sie starrte ihn schockiert an.

Dann rollten ihre Augen nach hinten und ihr gesamter Körper erstarrte.

———

*L*isa öffnete ihre schweren Lider. Ihre Lippen prickelten und waren von den Küssen des heißen Außerirdischen geschwollen, und ihre Haut fühlte sich kalt an, wo sein Körper den ihren berührt hatte. *Warum hatte er aufgehört?* Oben drohten sich die Lichter der Krankenstation durch ihre Augen direkt in ihr Gehirn zu brennen. Qaiyaan erschien in ihrem Sichtfeld, sein zotteliger Haarschopf blockierte das schmerzhafte Licht. Besorgnis schärfte seine Gesichtszüge. „Geht's dir gut?"

Ihre Naniten brodelten mit Intensität und ihr Kopf schmerzte. Sie hob die Hand zu ihrer Schläfe und fand Meks Diode an Ort und Stelle. Sie riss das Ding ab und atmete erleichtert aus, als sich der Schmerz auf ein Köcheln reduzierte. „Was ist passiert?"

Über Qaiyaans Schulter erschien der junge Mann mit dem unordentlichen Bart − Tovik? − mit Augen, die vor Aufregung strahlten. „Ist sie wach?"

Qaiyaan runzelte die Stirn und ignorierte die Frage des jungen Mannes. Der Blick in seinen Augen war misstrauisch. „Du hattest einen epileptischen Anfall. Mek brachte seine Ausrüstung zum Laufen und konnte einige Tests durchführen."

Oje. Ihr schwaches Lächeln fiel von ihren Lippen. Sie hatten die Naniten entdeckt. Sie wappnete sich. „Was für Tests?"

Der bronzehäutige Arzt erschien neben

Qaiyaan und schob den großen Kapitän aus dem Weg. „Stresse sie nicht. Ich bin mir nicht sicher, was die kleinen Mistkerle triggert." Mek hob ihr Augenlid und richtete ein helles Licht auf sie. Sie zuckte zusammen und versuchte, sich wegzudrehen, aber er drückte eine kühle Handfläche an ihre Stirn und hielt sie still. „Wusstest du, dass du mit Nano-Bots infiziert bist?"

Sie verzog unbehaglich ihr Gesicht, dankbar, als er ihr Augenlid losließ. Ihre Augen blieben geschlossen und sie nickte. Noch nie in ihrem Leben hatte sie eine Betrügerei so sehr bereut wie in diesem Moment. Diese Männer gehörten nicht zum Kartell, nicht zu Syndicorp, und obwohl Qaiyaan ein Pirat war, machte ihn seine Geschichte mehr zum Märtyrer als zum Schurken. *Am besten stellst du dich jetzt der Wahrheit.* „Sie sind Teil der medizinischen Tests von Syndicorp, von denen ich Qaiyaan erzählt habe. Ich war im Kälteschlaf, um sie für die Reise stabil zu halten."

Qaiyaans Stimme durchbrach die Dunkelheit hinter ihren geschlossenen Augen. „Du hast gesagt, dein *Bruder* sei das Testobjekt."

Sie öffnete ein Auge, um ihn anzusehen. „Ich habe dir gesagt, dass wir beide an den Tests teilnehmen."

Qaiyaan verschränkte die Arme. Er füllte mit seiner einschüchternden Präsenz den gesamten Raum. Sein Fokus, den er ohne zu blinzeln auf sie richtete, fühlte sich regelrecht körperlich an. „Das hast du ganz sicher nicht getan."

„Ich sagte, wir waren beide im Testlabor", entgegnete sie geschwächt. Qaiyaan hatte zugestimmt, ihr zu helfen, ihren Bruder zu finden, und sie entschädigte ihn mit einer Lüge. Wellen der Enttäuschung strahlten von ihm ab und kratzten an ihr, sodass sie ihn rückversichern und trösten wollte. Dieser große Außerirdische musste jedoch nicht verhätschelt werden. Dieser Mann war der Inbegriff von Männlichkeit. Ihre Sensibilität für seine Stimmung musste eine Art hormonelle Reaktion sein – irgendein biologischer Antrieb, den sie noch nie zuvor erlebt hatte.

Irgendwo in der Nähe der Tür sagte eine schroffe Stimme: „Sie arbeitet wahrscheinlich für Syndicorp."

Qaiyaans Augen blinzelten und zeigten jedes Mal, wenn sie sich öffneten, ein blaues Feuer. „Arbeitest du für Syndicorp?"

Ihr Zorn wuchs. Sie hatten vielleicht keinen guten Start gehabt, aber sie dachte, sie hätten ein ziemlich gutes Gespräch in seinem Zimmer geführt.

Und einen guten Kuss. Sie lief nicht herum und küsste einfach jeden, so wie sie es bei Qaiyaan getan hatte. Sie ballte die Fäuste an ihren Seiten. „Denkst du etwa, ich will diese Dinger in meinem Kopf haben? Für Syndicorp bin ich nur eine Sklavin. Das hast du selbst gesagt."

„Sie ist eine Spionin." Noataks zotteliger Kopf erschien über Qaiyaans Schulter. „Was bezahlen sie dir, um unser Schiff zu infiltrieren? Denn ich kann dir jetzt schon sagen, das ist es nicht wert."

„Was sie mir bezahlen?" Ihre Stimme hob sich eine Oktave. „Sie haben versucht, mich umzubringen!"

Mek stieß die Männer mit den Ellbogen aus dem Weg und zeigte auf die Tür. „Raus, ihr alle. Ich sagte doch, dass ihr sie nicht aufregen sollt."

„Hey, was habe ich denn getan?", beschwerte sich der Jüngere.

Der schroffe Mann namens Noatak blickte sie weiter an, ohne sich zu bewegen, ohne zu blinzeln. „Wir brauchen Antworten. Was, wenn sie das Schiff mit diesen Bots aus ihrem Kopf infiziert hat?"

Qaiyaan schloss die Augen und seine Brust blähte sich mit einem tiefen Atemzug auf. Er wies zur Tür. „Noatak, wenn dir das Sorgen bereitet, mach eine Diagnose." Er öffnete seine Lider und sah zu dem jüngeren Mann. „Tovik, es gibt doch sicher etwas, an dem du im Maschinenraum basteln kannst."

Leise grummelnd verschwanden beide Männer.

„Du auch, Captain", sagte Mek.

Das Bedürfnis, nach Qaiyaans Hand zu greifen, überwältigte sie. Sie konnte es sich nicht erklären, aber sie wollte ihn in der Nähe haben. Hatten Denaidaner eine besondere Macht über Frauen oder so? Sie wünschte, sie wüsste mehr. Erleichterung überkam sie, als seine Hand ihre ergriff, und sie fragte sich, ob er das gleiche Bedürfnis verspürte, sie zu berühren. Das musste er, warum würde er sonst die Hand nach ihr ausstrecken?

„Ich werde nicht gehen." Qaiyaan öffnete seine Augen und fand Lisas Blick. „Du musst mir alles über diese Naniten erzählen. Die Wahrheit. Hast du versucht, mein Schiff zu infizieren?"

Sie kämpfte darum, ihre zitternden Lippen zu kontrollieren. „Ich gebe zu, dass ich versucht habe, das Raumschiff zu hacken. Das habe ich aber nur, um meinen Bruder zu kontaktieren."

„Du hast mein Schiff gehackt." Er schien einige Zentimeter größer zu werden und zog sich zurück.

Lisa festigte den Griff und weigerte sich,

loszulassen. Sie riss den hoch aufragenden Captain zu sich und setzte sich auf, sodass es ihr leichter fiel, ihn anzufunkeln. „Ich trage sehr geheime, sehr teure Syndicorp-Technologie in meinem Kopf herum, und mein Schiff wurde gerade von Piraten zerstört. Kannst du es mir vorwerfen, dass ich an Informationen kommen wollte, bevor ich dir die ganze Wahrheit erzähle?"

Qaiyaans Lippen pressten sich zusammen. „Dein Schiff wurde von Syndicorp zerstört. Jede Sekunde, die du an Bord meines Schiffes bist, bringst du meine Crew in Gefahr. Gibt es noch andere Details, von denen du mir berichten möchtest, bevor uns Soldaten an den Fersen hängen?"

Sie seufzte. „Ich habe nicht darum gebeten, an Bor –"

Mek unterbrach den Willenskampf zwischen ihnen, indem er einen Scanner an ihrer Schläfe platzierte. Der Schmerz schwappte vom Kontaktpunkt nach außen und schickte sie zurück auf das Kissen. Sie ließ Qaiyaans Hand los, drückte beide Handflächen gegen ihre Stirn und schloss ihre Augen.

„Was hast du mit ihr gemacht?" Qaiyaan lehnte sich so nah über sie, dass sie seinen Atem auf ihrer

Haut spüren konnte. Das Gefühl schaffte es, ihren Schmerz zu lindern.

Sie öffnete ihre Augen und sah, wie Mek den Scanner hochhielt. „Ich kann ihre Naniten nicht ohne Ausrüstung lesen. Sie wird ein wenig Schmerz ertragen müssen, bis ich mehr Informationen habe."

Nach einem Moment richtete sich Qaiyaan auf und machte Platz für den Arzt, sodass er seine Untersuchung fortsetzen konnte.

Mek senkte den Scanner und blinzelte Lisa an, als würde er versuchen, ihre Gedanken zu lesen. „Was hast du gemacht, als du das Bewusstsein verloren hast?"

„Deinen Captain geküsst", murmelte Lisa mit Blick auf Qaiyaan.

Qaiyaans bronzefarbene Haut färbte sich zu einem entzückenden Blaugrün. Lisa wünschte, er würde sich zu ihr lehnen und sie erneut küssen. Der große Mann starrte ihr in die Augen, als würde er genau denselben Gedanken teilen. Sie leckte sich erwartungsvoll die Lippen. Sie sollte daran denken, gesund zu werden und ihren Bruder zu finden, und was machte sie? Sie hatte nur Qaiyaans Lippen im Kopf. Was lief nur falsch mit ihr?

Der Arzt räusperte sich. „Ich verstehe. Nun ja."

Er richtete seine Aufmerksamkeit auf seinen Captain, als wären seine Worte nichts für Lisa. „Ich fühle, dass es meine Verantwortung ist, dich zu warnen, dass dich Geschlechtsverkehr mit Captain Qaiyaan – mit jedem Denaidaner – töten wird."

Qaiyaan entließ einen erstickten Laut. „Das würde ich nicht tun! Das habe ich nicht."

Töten? Lisa runzelte die Stirn und ließ den Blick über Qaiyaans breite Schultern und seine bronzefarbene Haut schweifen. Das elektrisierende Gefühl, seine massive Erektion an ihrer Hüfte zu spüren, und die sanfte, aber fordernde Art, wie seine Lippen ihre bedeckt hatten, schoss immer noch durch ihre Venen. Sie konnte sich nicht erinnern, jemals einen Mann so begehrt zu haben, geschweige denn einen Außerirdischen. „Ich verstehe nicht."

„Es hat mit Ionenfrequenzen und Gehirnwellen zu tun. Im Moment des Höhepunkts würde er deine Synapsen im Grunde kurzschließen." Meks Gesicht war grimmig.

Lisa blinzelte und versuchte, zu verstehen, was er ihr damit sagen wollte. Sex mit Qaiyaan würde sie buchstäblich umhauen? *Verdammt.* Sie war sich nicht sicher, ob das Kribbeln in ihrer Mitte Angst oder Neugier war. Wahrscheinlich beides.

Mek kehrte zu seiner Maschine zurück. „Qaiyaan, hast du zufällig ihre Resonanz getestet?"

Qaiyaans Antwort kam heiser heraus: „Ich dachte, ich hätte es unter Kontrolle."

Mek bewegte sich, um auf seinen Computer zuzugreifen. „Lisa, du hast gesagt, du wärst im Pod gewesen, um deine Naniten stabil zu halten. Hat einer der Syndicorp-Ärzte zufällig erwähnt, warum?"

Die Kopfschmerzen, die sein früherer Scan verursacht hatten, verschlimmerten sich erneut, und sie konnte sich kaum noch konzentrieren. Ein Blick auf Qaiyaan schien das Einzige zu sein, was sie erdete. Sie wünschte, er würde ihre Hand wieder nehmen. „Sie haben etwas über die Empfindlichkeit gegenüber Energieschwankungen während der Verbrennung erwähnt."

Mek drehte sich, um seinen Captain direkt anzusehen. „Sie reagiert sensibel auf Ionenimpulse."

„Glaub mir, das verstehe ich." Qaiyaans Augenbrauen zogen sich zusammen, aber sie glaubte nicht, dass er noch wütend war. Er wirkte ... besorgt. Und er kämpfte gegen den Drang an, sie wieder zu berühren. In dem Punkt war sie sich sicher. Er drückte seine Handflächen gegen seine steinharten Bauchmuskeln.

„Aber sie hat überlebt." Mek zog die Augenbrauen hoch, als ob mehr hinter seiner Aussage steckte.

Qaiyaans Augen weiteten sich. Er sah wieder zu Lisa, als sähe er sie gerade zum ersten Mal. „Wie?"

„Dafür muss ich weitere Tests vornehmen."

„Warte mal." Lisa hob eine Hand, nicht sicher, ob ihr pochender Kopf verhinderte, dass sie verstand, was hier gerade besprochen wurde. „Was habe ich überlebt? Wir hatten keinen Sex."

Qaiyaan schob seinen Körper zwischen sie und den Arzt. „Ich werde sie nicht wieder anfassen. Lass sie aber mit diesem Scanner in Ruhe. Das Ding bereitet ihr offensichtlich Schmerzen."

„Ich brauche mehr Daten, wenn ich verhindern will, dass das noch einmal passiert. Ihre Naniten sind im Moment extrem instabil, aber ich glaube nicht, dass sie das Problem sind. Meine Vermutung ist, dass es etwas Tiefreichenderes ist — möglicherweise eine empathische Migräne." Mek lehnte sich zur Seite, sodass er an seinem Captain vorbeischauen konnte. „Lisa, ich glaube, ich kann vielleicht deine Synapsen regulieren. Habe ich deine Erlaubnis, es zu versuchen?"

Syndicorp hatte zwar gesagt, ihre Naniten seien nicht stabil, aber offenbar hatten sie nicht gewusst, *wie* unausgewogen sie waren. Doug hatte sie ein paar Mal heimlich umprogrammiert, um die Dinge unter Kontrolle zu bringen. Ihr Verstand kam einfach nicht gut mit der Syndicorp-Technologie zurecht. Der Gedanke, dass Meks Scanner sie jedoch wieder berührte, löste in ihr das Bedürfnis aus, zu weinen. Aber der Arzt sprach mit solcher Zuversicht, dass sie ihm glauben wollte. Sie wollte ihm vertrauen. Was, wenn das Problem nicht bei ihren Naniten, sondern an ihrem Gehirn lag? Könnte Syndicorp diese Möglichkeit übersehen haben? Sie streckte sich, legte eine Hand auf Qaiyaans Hüfte und fand Trost in dem Kontakt. „Ich will es versuchen.“

Er drehte sich und sah sie an. „Bist du dir sicher?“

Sie biss sich auf die Unterlippe und nickte. Sie war sich über nichts sicher, besonders nicht über diese seltsame Verbindung zu einem außerirdischen Captain. Doug zu brauchen, war schlimm genug. Sich an Qaiyaan zu binden, war also keine Option. Und doch benötigte sie seine Hilfe, um ihren Bruder zu finden. Ob Meks Tests sie reparierten oder nicht, sie brauchte Zeit zum Nachdenken. „Du solltest gehen."

Qaiyaan runzelte die Stirn und wich zurück. Einen Moment später drehte er sich um und verließ den Raum. Lisa holte tief Luft und konzentrierte sich auf den Arzt.

Mek beobachtete, wie sein Captain ging und hob dann die Diode von der Stelle auf, wo sie gelandet war, nachdem Qaiyaan sie ihm aus der Hand geschlagen hatte. „Ich werde das wieder anbringen. Versuche, es so lange wie möglich auszuhalten."

Lisa machte sich bereit, so wie sie das auch bei den unzähligen Tests im Syndicorp-Labor getan hatte. „Okay."

Als sich der spannungsgeladene Schmerz in ihre Schläfe grub, hielt sie die Tür weiterhin im Blick. Sie gehörte nicht zu dem Schlag Frau, der einen Mann in ihrem Leben brauchte.

KAPITEL SIEBEN

Qaiyaan lief in der Küche auf und ab. Acht Schritte in eine Richtung, umdrehen, acht Schritte zurück. Tovik saß auf der Arbeitsfläche und beobachtete ihn. Noatak hatte am Tisch Platz genommen und die Arme vor seiner Brust verschränkt. Sein finsterer Blick war zu einer festen Größe geworden. „Bist du sicher, dass es der Bund ist, den du fühlst?"

„Ich bin mir bei nichts mehr sicher", sagte Qaiyaan. „Ich weiß nur, dass etwas passiert ist, als ich ihre Resonanz getestet habe, und jetzt bekomme ich sie nicht mehr aus meinem Kopf." Der Wunsch, Lisa nahe zu sein, sie zu berühren, drohte alles rationale Denken zu blockieren. Obwohl sie nur in der Krankenstation den Korridor runter schlief, hatte er das Gefühl, zu weit von ihr entfernt zu sein. Das beunruhigende Gefühl in ihm machte ihn nervös. Regelrecht krank fühlte er sich. Er fühlte sich, als wäre er ohne seine ionische Hülle in Null-Grav geworfen worden. Wenn dies der Gefährtenbund war, dann war er sich nicht sicher, ob er etwas damit zu tun haben wollte.

„Aber du hattest keinen Sex mit ihr?", fragte Tovik unverblümt. „Vielleicht bist du ein bisschen in deine Hose gekommen."

Qaiyaan fixierte seinen jungen Ingenieur mit einem Blick. „Daran würde ich mich wohl erinnern."

Noatak gluckste und lehnte sich mit dem Stuhl auf die Hinterbeine.

Tovik errötete und schaute auf seine Knie, während er mit den Fingerspitzen zu beiden Seiten seiner Oberschenkel auf die Oberfläche trommelte. „Okay. Hast du versucht, über den Bund zu kommunizieren?"

Qaiyaan schüttelte den Kopf. Einige denaidanische Paare waren auf eine Weise füreinander bestimmt, sodass sie ohne Hilfe eines Kommunikationssystems über große Entfernungen miteinander sprechen konnten. Aber er hatte nicht einmal daran gedacht, den Versuch zu wagen, mit ihr zu kommunizieren. Lisas Resonanz zu testen, anstatt sie zu ficken, war das Vernünftigste, wozu er in der Lage gewesen war.

Noatak ließ seine Stuhlbeine wieder auf den Boden knallen. „Eine empathische Verbindung zu initiieren, ist die höchste Stufe des Bundes, Tovik. Die meisten denaidanischen Paare sind niemals dazu fähig."

„Aber sie hat seinen Ionentest überlebt." Tovik runzelte die Stirn. „Ich wette, das liegt an ihren Naniten."

Noatak legte seine Handflächen flach auf den Tisch und lehnte sich vor. „Willst du damit sagen, dass sie sich vielleicht in sein Gehirn hackt?"

Qaiyaan stoppte abrupt.

Der junge Mann schwang seinen Blick von der Decke zu Qaiyaans Gesicht. „Nein, nicht direkt. Aber die Naniten könnten als Schnittstelle für ihre Ionenresonanz fungieren. Erinnerst du dich, als wir zu nahe an diesem dunklen Nebel vorbeikamen und ich die Brennsequenz an den Motoren anpassen musste, weil er eine Sinuswelle erzeugte, die Kopfschmerzen verursachte? Ihre Naniten sind auf die gleiche Weise empfindlich. Sie reagieren sensibel auf uns."

„Du meinst wohl, sie reagieren sensibel auf

Qaiyaan", fügte Noatak hinzu. „Ich fühle nichts von ihr, außer Ärger."

Tovik wackelte mit den Fingern, wie er es getan hatte, als er auf die Idee gekommen war, den Motor aufzurüsten. „Dir ist doch klar, was das bedeuten könnte? Wir könnten in der Lage sein, Gefährten zu kreieren!"

Qaiyaan rollte mit den Augen. So etwas war doch nicht möglich, oder? Jedenfalls klang es verdammt nochmal nicht ethisch. „Gesprochen wie ein wahrer Ingenieur, Tovik."

Noatak blieb starr, seine Nasenlöcher blähten sich auf. „Die Sache gefällt mir nicht. Ein Haufen Mikromaschinen in jemandes Kopf? Das ist unnatürlich."

Tovik sah Noatak finster an. „Zumindest wart ihr alt genug, um vor der Termination in den Genuss einer Frau zu kommen. Ich werde mein ganzes Leben lang Jungfrau sein. Können wir wenigstens die Idee in Betracht ziehen?"

Qaiyaan ballte seine Fäuste, jeder Muskel in seinem Körper angespannt. Diese Idee in Betracht zu ziehen, bedeutete, mit Hoffnung zu leben, und damit fühlte er sich nicht wohl. Alle Hoffnung war nämlich mit der Zerstörung seines Planeten zunichtegemacht worden. Von Syndicorp zerschlagen. „Selbst wenn sie in der Lage ist, sich mit dir zu paaren, können wir ihren Naniten nicht vertrauen. Sie sind Syndicorp-Technologie."

Noatak fügte hinzu: „Sie ist wahrscheinlich eine Spionin. Außerdem wird sie vom Whylon-Kartell gesucht. Wir sollten sie auf Bolisare absetzen, die Fracht eintauschen und dort so schnell wie möglich verschwinden."

„Wenn sie sich mit Qaiyaan verbindet, können wir ihr vertrauen. Ellam Cua schuf die Verbindung, damit wir uns immer der Integrität unseres Gefährten sicher sein können." Tovik nickte weise. Mit zweiundzwanzig Jahren war er der jüngste der denaidanischen Überlebenden, sowohl auf der Hardship als auch innerhalb der gesamten Piratenflotte. Der arme Mann hatte fast keine Erinnerungen an seinen Heimatplaneten und nahm den Namen ihres Gottes nur in den Mund, wenn es ihm gerade passte.

„Ellam Cua ist nicht ihr Gott", fügte Noatak hinzu. „Lass es einfach."

„Aber der Captain meinte, dass es sich so anfühlt."

„Ich habe keine Ahnung, was ich fühle." Qaiyaan knurrte frustriert. Er starrte auf die Tür und stellte sich Mck allein mit ihr in der

Krankenstation vor. Wie er an ihr herumtestete. Wie er sie berührte. Eifersucht brachte sein Blut zum Kochen. Und doch schaffte es die Ungewissheit, ihn abzukühlen.

„Sie ist keine Denaidanerin." Noatak schlug lautstark auf den Tisch. „Wir haben keine Ahnung, was passiert, wenn er es versucht. Was, wenn der Bund nur in eine Richtung funktioniert? Was, wenn Qaiyaan ihr Sklave wird?"

Wenn die Stimmung im Raum vorher angespannt gewesen war, knisterte die Luft nun regelrecht. Qaiyaan dachte an dieses verlassene Schiff zurück. Er hatte ursprünglich gedacht, dass es eine Falle sein könnte. Bestand die Möglichkeit, dass Lisa eine Spionin war? Ein Köder, der genau das Quäntchen Hoffnung bot, das die Denaida-Piraten nicht ablehnen konnten? Möglich, dass sie es nicht mal wusste. Ja, es war sehr gut möglich, dass sie keine Ahnung hatte. Es würde Syndicorp ähnlich sehen, sich einen solchen Plan auszudenken. Berichten zufolge hatten sie genug von denaidanischen Piraten, die an den Rändern ihrer Galaxie knabberten.

Toviks aufgeregte Energie hatte sich beruhigt, und seine Hände lagen schlaff auf seinen Oberschenkeln. „Daran hatte ich nicht gedacht."

„Natürlich hast du das nicht", sagte Noatak. „Auch ich würde gerne eine Gefährtin haben, aber dieses Mädchen kam wie aus dem Nichts. Wir können weder ihr noch ihren Syndicorp-Naniten vertrauen. Wir müssen sie so schnell wie möglich loswerden."

Qaiyaan starrte auf die furchenreiche Oberfläche des Tisches. Noataks Worte ergaben Sinn. Lisa fortzuschicken, war wahrscheinlich das Richtige. Die kluge Entscheidung. Aber die Idee, sich von ihr zu trennen, verursachte einen Schmerz tief in ihm. „Syndicorp hat ihr Schiff in die Luft gesprengt. Wir sollten zumindest versuchen, den Grund dafür herauszubekommen."

Noatak sagte etwas dagegen, aber Qaiyaan hörte ihn nicht. Seine Haut hatte zu kribbeln begonnen und seine Brust brannte. *Sie kommt.* Und dann stand Lisa auch schon auf der Türschwelle. Frustrierend für ihn blieb sie außerhalb seiner Reichweite und ihre Augen verengten sich leicht.

Mek erschien im Korridor hinter ihr und wies sie an, den Raum zu betreten.

Während sie Qaiyaan mit einem misstrauischen Blick betrachtete, ging sie zum Tisch, achtete auf dem Weg darauf, niemanden zu berühren, und setzte sich.

Qaiyaan sah zu Mek und zog fragend eine Augenbraue hoch. „Was ist los?"

„Ich habe ihr ein Erholungsstimulans gegeben."

„Du hast was getan?" Qaiyaan ballte seine Fäuste. Das Stim half einem Denaidaner, sich nach einer ionischen Anstrengung schneller zu erholen, aber es machte auch abhängig. Noatak hatte seit seiner Genesung mehrmals einen Rückfall erlitten, sodass Mek den Vorrat nun unter Verschluss hielt.

Lisa verschränkte die Arme und holte schaudernd Luft. „Ich habe ihn darum gebeten."

„Warum?"

Mek nahm einige Anpassungen an seinem Handmessgerät vor. „Ich gab ihr das Stimulans, um ihre Gehirnwellen vorübergehend zu verändern. Ich möchte ihre Reaktionen auf die Umwelt dokumentieren. Noatak, berühre ihre Hand."

Noatak riss die Augen weit auf und trat zurück, während Qaiyaan sichtlich erstarrte, sein ganzer Körper angespannt vor ... Eifersucht? „Warum muss er sie anfassen?"

„Ich kann sie berühren." Tovik streckte die Hand aus. Gleichzeitig behielt er jedoch Qaiyaans Reaktion im Blick.

Lisa drehte sich auf ihrem Stuhl zu ihm, streckte ihren Arm aus und berührte ihre

Fingerspitzen mit Toviks. Qaiyaans Puls donnerte in seinen Ohren. Er hielt seinen Fokus von Lisa fern und fixierte sich stattdessen auf den Arzt, der weiterhin auf seinen Sensor blickte.

„Hm", war alles, was Mek sagte, und sah dann erwartungsvoll zu Noatak.

Noatak verschränkte die Arme über der Brust, sein Gesicht hart. „Es ist gut möglich, dass sie ansteckend ist und ihr jetzt alle infiziert seid. Ich fasse sie nicht an."

„Wenn wir infiziert sind, bist du es auch. Du hast sie bereits berührt, als wir sie auf dem Korridor erwischt haben", bot Tovik hilfsbereit an.

„Also gut." Noatak ließ die Arme zur Seite sinken. Nach kurzem Zögern hob er einen Arm und näherte sich Lisa mit dem Zeigefinger. Sie tat es ihm gleich und ihre Fingerspitzen trafen aufeinander. Die Lippen des Ersten Offiziers verzogen sich und er riss seine Hand weg. „Zufrieden?"

„Warum machen wir das?" Qaiyaan murrte und hasste es, zusehen zu müssen, wie seine Crew sie berührte.

Lisa drückte ihre Schultern durch und begegnete seinem Blick mit einer Intensität, bei der er sich fragen musste, ob sie auch über ionische

Kräfte besaß. „Ich weigere mich, zuzulassen, dass diese Dinger mein Leben ruinieren. Wenn ich mich deiner Crew anschließen will, muss ich sie unter Kontrolle bringen."

Meiner Crew anschließen? Das war das Letzte, was Qaiyaan erwartet hatte. Eine Frau an Bord seines Schiffes? Dauerhaft? *Anaq,* er war es nicht gewohnt, mit Frauen Zeit zu verbringen – geschweige denn mit einer, die so entschlossen war wie Lisa. Wie konnte er seinen Drang drosseln, wenn sie sich jeden Tag so vor ihm zeigte? „Ich, äh ..."

Noatak stellte sich direkt neben ihn und schuf somit eine unbewegliche Wand. „Wir brauchen keine Leute wie dich an Bord, die unseren Operationen im Weg stehen. Und jetzt beweg deinen Arsch wieder in die Krankenstation, bevor wir dich in die Arrestzelle werfen."

„Ihr habt eine Arrestzelle?" Lisas Augen weiteten sich.

Qaiyaan funkelte seinen Ersten Offizier wütend an. „Nein, haben wir nicht."

Mek winkte Qaiyaan mit seinem Scanner zu. „Du bist dran. Berühre sie."

Ein kleiner Nervenkitzel raste Qaiyaan über den Rücken, und durch die Luft spürte er Lisas Lustschauer. Waren sie so im Einklang? Er verstand nicht, wie das möglich war, aber es war ein viel besseres Gefühl als der Schwindel, den er zuvor in ihrer Gegenwart erlebt hatte. Er streckte seine Hand aus, die Handfläche nach oben, und erlaubte ihr, dass sie ihn mit den Fingerspitzen berührte. Der Nervenkitzel wickelte sich zu einem Knoten tief in seinem Bauch. Zu seiner Freude färbten sich ihre Wangen rot.

Mek tippte auf dem Scanner herum und hob dann sein sauber rasiertes Gesicht, das nicht heller strahlen konnte. „Ihre Gehirnwellen zeigen eine bemerkenswerte Ähnlichkeit zu denaidanischen Empath-Markern. Wenn ich auf Bolisare an ein paar bestimmte Sachen komme, glaube ich, dass ich ihre Synapsen stabilisieren kann."

Qaiyaan atmete langsam und kontrolliert aus. Er hatte sich mehr Sorgen um sie gemacht, als er zugeben wollte. „Das sind großartige Neuigkeiten."

„Und wie sollen wir diese *Sachen* bezahlen?" Noatak funkelte Lisa an. „Unsere Beute wird kaum genug einbringen, um uns zur nächsten Weltraumstation zu bringen."

Lisa räusperte sich. „Mek hat die Situation erklärt, und ich habe einen Vorschlag. Das Kartell hat einen Kontakt auf Bolisares Mond, der Geld wäscht, Vorräte liefert und so. Wahrscheinlich kann er sogar deinen Rumpf reparieren lassen. Er benutzt Codes, um das Kartell mit den Kosten zu belasten."

„Ich dachte, das Kartell will dich tot sehen?", fragte Qaiyaan.

„Sie denken doch bereits, dass ich tot bin. Ich bezweifle, dass sie aktiv suchen."

Noatak näherte sich dem Tisch und zog langsam einen Stuhl heraus, setzte sich, und es wurde deutlich, dass sich seine aggressive Aura allmählich beruhigte. „Ich nehme an, du kennst die Codewörter?"

Auch Qaiyaan war hin- und hergerissen zwischen Vorsicht und dem Wunsch, sein Schiff zu reparieren. „Was noch wichtiger ist: Bist du dir sicher, dass deine Codewörter aktuell sind? Du bist schon eine Weile weg. Was passiert, wenn du ein falsches eingibst?"

„Das Kartell ist von Natur aus faul und ändert sie nur selten. Aus Angst vor Vergeltung wagt es niemand, Kartellressourcen zu missbrauchen." Ihr Herzschlag flatterte durch Qaiyaans Verbindung. „Ich werde jedoch kein Risiko eingehen. Bringt mich nah genug an einen ihrer Computer heran, und ich kann überprüfen, ob sie noch gültig sind, bevor wir sie verwenden."

„Mit deinen Naniten“, beendete Qaiyaan.

Sie nickte.

Tovik hüpfte von der Arbeitsfläche runter und zog den Stuhl neben Lisa mit Verehrung in den Augen heraus. *Großartig. Sie verwandelte die Hälfte seiner Crew in liebeskranke Idioten.* Qaiyaan warf dem Jungen einen eindeutigen Blick zu.

Tovik wechselte hastig auf den nächsten Stuhl, legte die Ellbogen auf den Tisch und lehnte sich vor. „Ich sage, wir versuchen es.“

Qaiyaan nahm den Stuhl am Kopf des Tisches, direkt zu Lisas Rechten, wo er ihren subtilen Duft nach Flieder wahrnahm. „Ich bin mir nicht sicher, ob mir dieser Plan gefällt. Wie sollen wir dich in die Nähe eines Kartellcomputers bringen?“

Sie lächelte. „Es ist schon eine Weile her, seit ich einen Trickbetrug begangen habe, aber gib mir ein sexy Kleid, und ich denke, ich kann nah genug herankommen. Unser Ansprechpartner betreibt die Kwirn-Tische im Solar Swan. Ich werde nur eine weitere Frau sein, die nach einem Mann mit Geld sucht.“

Noatak stöhnte und verdrehte die Augen. „Wir sind auf dieser Seite des Planeten nicht gerade willkommen.“

Tovik schnaubte. „Was für eine Untertreibung

… Ich frage mich, ob sie immer noch dein Poster an der Weltraumstation hängen haben?"

Erfreut über die Ablenkung von Lisa in einem sexy Kleid stieß Qaiyaan einen genervten Seufzer aus und blickte zu Noatak. „Ich wusste doch, dass ich dich in dieser Gefängniszelle hätte verrotten lassen sollen."

Lisa schaute von einem Mann zum anderen. „Es ist nicht nötig, dass mich einer von euch begleitet. Setzt mich einfach in der Nähe der Stadt ab und ich werde die Lage beurteilen und mich melden."

Stille folgte, dann fragte Noatak: „Was hält dich davon ab, uns für das Kopfgeld zu verraten?"

Sie lachte. „Ich bin selbst eine gesuchte Frau. Wie soll ich also ein Kopfgeld einsammeln?" Sie holte tief Luft und sagte: „Aber ich tue das nicht aus der Güte meines Herzens. Ihr müsst mir helfen, meinen Bruder aus den Klauen Syndicorps zu befreien. Dann können wir über die Bezahlung sprechen, um eurer Crew beizutreten. Ein paar Cyberempfindliche können bei einem Raubüberfall ziemlich nützlich sein."

Qaiyaan konnte das Grinsen nicht zurückhalten, und er war erfreut, die gleiche widerwillige Wertschätzung auch auf dem Gesicht seines Ersten Offiziers zu sehen. Tovik und Mek starrten sie einfach nur anbetungsvoll an. Sie würde gut in seine Truppe passen, wenn sie weiterhin ein Talent dafür zeigte, sich gegen Noatak zu behaupten. *Usviiqe*, er würde Bolisare mit einem verstärkten Rumpf, einem Bauch voller Treibstoff und einer Frau an seiner Seite verlassen.

KAPITEL ACHT

Unter dem hellblauen Licht von Bolisares zweiter Sonne senkte sich Lisa in die Rikscha und spürte Qaiyaans hungrigen Blick auf ihrem freiliegenden Oberschenkel, bevor sie ihr Bein hineinzog. Wenn sie ehrlich war, hatte sie den geschmeidigen Stoff entlang des Schlitzes offen fallen lassen und absichtlich länger gewartet, um ihr Bein in die Kutsche zu ziehen. Denn, ja, sie mochte seinen Blick auf ihr. Sie mochte die Art und Weise, wie er immer in ihrer Nähe verweilte und jeden ihrer Wünsche voraussah, bevor sie überhaupt erkannte, dass sie diesen Wunsch hatte. Dieses Kleid war dafür ein gutes Beispiel. Irgendwie kannte er ihre genaue Größe und hatte das glänzende goldfarbene Kleidungsstück aufgetrieben, während er die medizinische Fracht an einen Käufer auf einem von Bolisares Monden verladen hatte. Sie zog den seidenweichen Stoff in die Rikscha und rutschte über die Bank, sodass er sich neben sie setzen konnte.

„Wie bist du so schnell an ein Kleid gekommen?", fragte sie.

„Ich habe den 3D-Drucker des Schiffes benutzt." Sein Blick glitt immer wieder zu ihrem Dekolletee.

„Du hast es gedruckt?" Sie zog die Augenbrauen hoch. Viele Raumschiffe waren mit Produktionsdruckern ausgestattet, die mit Bauplänen für Schiffsteile und Produkten der Grundversorgung gefüttert waren. So standen Cocktailkleider normalerweise nicht auf der Liste, geschweige denn Kleidungsstücke unterschiedlicher Größe. „Wer hat es designt? Es passt perfekt!"

Er schaute weg, als würde er gerade merken, dass er sie angestarrt hatte. „Ein Captain muss in allem geschickt sein."

Das überraschte sie. „Ein Pirat mit einer Leidenschaft für Kleidungsdesign?"

Blaugrüne Farbe kroch von seinem Hals in seine Wangen.

Sie lachte über sein Unbehagen. Auf der

Whylon-Station war sie zwischen verschiedenen Kulturen aufgewachsen und hatte bis jetzt noch nie einen Außerirdischen attraktiv gefunden. Dieses große bronzehäutige Alien jedoch machte ihr Spaß. Und verwirrte sie. Er war ihre Definition von Männlichkeit. Es war nicht fair, dass er als tabu galt.

Qaiyaan drapierte seinen Arm über die Rückseite des Sitzes, um Platz für seinen massiven Körper auf der Bank neben ihr zu schaffen. Er trug eine ärmellose weiße Tunika, die seine bronzefarbenen Arme massiv aussehen ließ. Selbst die kleinste Berührung seiner Haut an ihrer schickte Lustschauer durch sie. Rational oder nicht, sie hatte einen Mann noch nie so sehr begehrt wie Qaiyaan, einschließlich des Kartellschlägers Seloh. Sie hatte den ionischen Test von Qaiyaan überlebt, der sie laut Mek in ein Gemüse hätte verwandeln sollen. Machte sie das nicht auf eine Weise zu etwas Besonderem? Ihre Naniten waren die Ursache für so viele Probleme. Könnten sie auch die Lösung sein? Wenn sie Teil seiner Crew sein wollte, musste sie jedoch einen Weg finden, ihn aus ihrem Verstand zu verdrängen.

Die Rikscha ruckelte los und sie fand sich wieder im Hier und Jetzt. Der sechsbeinige Yanipa-Nimayu, der das Fahrzeug fuhr, trat in die Pedale, um das Gewicht der Rikscha den Hügel hinauf zum Solar Swan zu tragen. Das Casino thronte über der Stadt in einer grellen Darstellung von blinkenden Neonlichtern. Die Rikscha taumelte und wankte über die unebene Straße. Bolisare gehörte offiziell nicht zu Syndicorp, sodass der Planet nicht die umfangreiche Transportfinanzierung klassifizierter Welten erhielt. Der Hafen wurde so gut es ging von einem Sammelsurium aus Verladern und Händlern instandgehalten. Der Mischmasch aus Außerirdischen und Menschen, Reichtum und Armut war fast so vielfältig wie auf der Whylon-Station.

„Also, wie sieht dieser Kerl aus?", fragte Qaiyaan, als sie an einer Plakatwand vorbeikamen, auf der stand: *Was auf Bolisare passiert, bleibt auf Bolisare.*

„Er ist ein Posungi und heißt Nupnup. Ich sollte den Großteil des Tages in der Nähe der Tische verbringen."

Qaiyaan machte ein unverbindliches Geräusch, aber sie fühlte, dass er vor Sorge pulsierte. „Hast du schon einmal mit einem Posungi gesprochen?"

Sie wusste, was er wirklich fragte. Posungi waren eine eierlegende Spezies; die Männchen waren jedoch für ihre Wertschätzung sexueller Zwischenspiele mit warmblütigen Partnern bekannt. Sie kicherte. „Wenn er mich für einen Kartellagent hält, wird er mich nicht bitten, etwas Ungeheuerliches zu tun."

Die Rikscha bog plötzlich in eine Seitenstraße ein, sodass sie gegen Qaiyaans Körper gepresst wurde. Er schlang seinen Arm um ihre Schultern und sie erschauerte bei dem Kontakt. „Wie sollst du dich ihm gegenüber identifizieren?", fragte er.

„Ich werde fragen, ob er einen Ort kennt, an dem man ein Ferienhaus mieten kann. Er wird fragen, ob ich blau oder gelb will. Ich antworte türkis, mit drei Schlafzimmern und Meerblick."

Qaiyaan runzelte die Stirn. „Das ist alles?"

Sie zuckte mit den Schultern. „Ich habe nie gesagt, dass es kompliziert ist. Die Anzahl der Schlafzimmer lässt ihn wissen, welcher Kartellzelle er seine Dienste in Rechnung stellen soll."

Qaiyaan schüttelte den Kopf und beobachtete die Reaktion der Leute, als die Rikscha an ihnen vorbeiflog.

Sie erreichten den massiven vorderen Torbogen des Solar Swan, eine Betonkonstruktion, die mit riesigen elektronischen Werbetafeln anstelle von Fenstern ausgestattet war. Die offenen Doppeltüren waren rein dekorativ, die Scharniere mit Tausenden von mehrfarbigen Lichtern verziert.

Qaiyaan stieg aus und streckte eine Hand aus, um ihr vom Sitz zu helfen. Seine dunkle Hose schmiegt sich an seine gemeißelten Oberschenkel. Der vordere Bereich seiner glänzenden, kniehohen Stiefel war mit einer Staubschicht von Bolisares schmutzigen Straßen bedeckt. Seine geschniegelte Erscheinung schien noch attraktiver, da sie im starken Kontrast zu den zwei geflochtenen Zöpfen in seinem Bart und den lockigen Haaren, die sich über seine Schultern ergossen, stand.

Sie nahm seine Hand und sie bebte bei der Berührung. Im Stehen erreichte ihr Haarschopf nicht einmal seine Schulter.

Die gepflegten Augenbrauen einer vorbeiziehenden Frau hoben sich in Wertschätzung. „Netter Leibwächter.“

Lisa grinste und hakte ihren Arm bei Qaiyaan ein. Gemeinsam schlenderten sie in das Casino, das fensterlose Interieur beleuchtet von einer rauen Farbdarstellung, die von den vielen Spielautomaten und anderen Low-End-Glücksspielmöglichkeiten herrührte. Sie schaute sich nach den Kwirn-Tischen um. Sie war noch nie auf Bolisare gewesen. Zum Glück schien Qaiyaan genau zu wissen, wohin es ging, und so führte er sie an den summenden, surrenden, klingelnden Maschinen vorbei und zu einem Flur auf der gegenüberliegenden Seite der Bar. Er lehnte sich zu ihr und sein Atem kitzelte ihr Ohr. „Siehst du ihn?"

Sie schüttelte den Kopf, ihr Mund plötzlich erschreckend trocken, als ein Paar goldgeschuppter Rakwiji an ihr vorbeikam. Ihre dorsalen Spitzen waren schwarz, und sie betetet, dass es sich dabei nicht um getrocknetes Blut handelte. Rakwiji waren die bevorzugten Kopfgeldjäger des Kartells – die rücksichtsloseste Spezies in der Galaxie –, und sie reisten immer paarweise. Folter war Teil ihres Paarungsrituals, der Nervenkitzel des Schmerzes eines anderen Wesens ein Anreiz für das sexuelle Vergnügen des Paares. Gerüchten zufolge hatte Selohs Tod auf der Whylon-Station zu einem Wurf mit drei Nachkommen geführt. Diese Außerirdischen würden ihr für alle Zeit Angst einjagen. Sie unterdrückte ein Schaudern und ging weiter.

Der Flur öffnete sich zu einem Raum, der mit riesigen Lichttrichtern gespickt war, die die verschiedenen Tische beleuchteten. Unter dem Angebot entdeckte sie die übliche Auswahl an Karten- und Würfelspielen, zwei Attahat-Räder und schließlich die Kwirn-Tische mit ihren gestapelten Glasebenen und sechseckigen Spielsteinen. Sie kniff die Augen zusammen und suchte in dem schwach beleuchteten Raum nach dem orangefarbenen Tentakelgesicht eines Posungi. Sie fand ihn unter einem der Lichter. Gerade wischte er mit seiner Drei-Finger-Hand über eine der Glasebenen.

Sie stieß Qaiyaan an, wies mit dem Kinn in die Richtung des Posungi und zeigte dann auf die Bar. „Wie wäre es, wenn du dir einen Drink holst? Ich signalisiere dir, wenn ich dich brauche."

Durch die elastische Verbindung, die stärker zu werden schien, je mehr Zeit sie zusammen verbrachten, spürte sie eine Empfindung, die von einem ausgeprägten Beschützerinstinkt sprach. Sie zollte ihm Anerkennung dafür, dass er nicht mit ihr argumentierte. „Sei vorsichtig."

Lisa drückte die Schultern durch und schwang ihre Hüften durch den Raum. An einem Attahat-Tisch stoppte sie, um über einen dummen Witz zu lachen, und hielt dann lange genug bei einem Spiel Blackjack inne, um so zu tun, als würde sie überlegen, ob sie daran teilnehmen wollte. Sie wusste, Qaiyaan würde sie aufmerksam beobachten, sobald sie dem Tisch des Posungi näherkam. Dort angekommen, ließ sie den Blick über Nupnups kurzen, runden Oberkörper schweifen, um herauszufinden, wo er seinen Polycom versteckt hielt. Ihr Puls pochte in ihren Ohren und ihre Naniten ließen ihre Haut jucken, als sie all ihren Mut zusammennahm. Sie hätte wahrscheinlich nur einen Versuch, die Technologie in seinem Nacken zu berühren und zu hacken. Ein Versuch. Und im Speed-Hacking war sie nicht gerade gut.

Sie blieb an der gegenüberliegenden Ecke des Tisches stehen und gab vor, sich für einen Menschen zu interessieren, der offensichtlich verlor. Diesen Teil beherrschte sie, denn sie war gut darin, einem Mann — oder einem Posungi — vorzutäuschen, dass, was auch immer sie vorschlug, seine Idee gewesen war. Der Mensch grinste sie an, legte einen Arm um ihre Taille und zog sie an sich. „Hey, Baby. Willst du mein Glücksbringer sein?"

Der Gestank von Saluqan-Gin prallte gegen sie und seine Hand glitt zu schnell von ihrer Taille zu ihrem Hintern. Von der anderen Seite des überfüllten Raumes spürte sie Qaiyaans wenig erfreute Reaktion. Verdammt. Hilfreich war das nicht gerade. Sie gab ihr Bestes, um nach außen freundlich zu bleiben, und so lehnte sie sich gegen den Menschen und sprach mit heiserer Stimme:

„Du scheinst nicht die Art von Mann zu sein, der Glück braucht."

Er richtete sich auf und sah sich am Tisch um, als hätte er gerade die Runde gewonnen. „Da hast du verdammt nochmal Recht."

Die Spieler platzierten ihre Einsätze und durchliefen eine weitere komplizierte Runde mit Spielfiguren auf den verschiedenen Ebenen. Als Nupnup den Spielstein ihres Menschen von der Glasebene fegte, stieß sie einen enttäuschten Seufzer aus und zog sich in übertriebener Verachtung zurück.

„Keine Bange, Baby." Der Mann versuchte wieder, sie an seine Seite zu ziehen. „Ich habe viel Geld. Warum kommst du nicht mit auf mein Zimmer und ich breche meinen Vorrat für dich an?"

Sie zog eine Augenbraue hoch und warf einen Blick auf die Spieler, die gemeinschaftlich den Verlierer verspotteten, ohne auch nur ein Wort zu sagen. Darunter befanden sich zwei ihr unbekannte Alienarten und ein Finofan, der seine Ohrringe in einem grellen Gelb gestrichen hatte, und alle lachten sie auf Kosten des Menschen. Sie rümpfte angewidert die Nase, riss sich von ihm los und lief um den Tisch in Richtung des Posungi. „Du scheinst zu wissen, was du tust. Warum sagst du mir nicht, welcher dieser netten Männer der beste Spieler ist?"

Sein zweites Augenpaar blinzelte unabhängig von dem anderen, und seine unteren Tentakel hoben sich in einem Achselzucken. „Sie sind alle einem Posungi unterlegen."

Sie lächelte ihn an, beugte sich vor und streichelte eine Hand über seinen Arm. „Ich liebe einen Mann, der in seinem Spiel zuversichtlich ist."

Er schnaubte anerkennend und schweifte mit allen vier Augen über ihren Körper. „Auch ich genieße eine Frau, die weiß, wie man spielt."

Ihr entging die Doppeldeutigkeit nicht. Als Reaktion kicherte sie, drückte ihren Körper an seinen und suchte nach der elektrischen Signatur eines Polycoms. Sie musste ihre Abscheu in Schach halten, als seine dreifingrige Hand aufgeregt gegen ihre Hüfte trommelte. Es half nicht, dass sie zudem Qaiyaans leisen Wutausbruch quer durch den Raum spürte.

Sie schickte ihre Naniten auf die Suche nach der nahegelegenen Frequenz von Nupnups Polycom, aber die Geräusche der Spieler erschwerten ihr die Aufgabe. Syndicorp hatte sie und Doug genau diese Situation üben lassen und auch damals war es ihr schwergefallen, eine einzelne elektronische Signatur rauszupicken und die anderen zu ignorieren. Dicht an ihrem Ohr machte Nupnup einen Scherz. Sie lachte, ohne ihm wirklich Aufmerksamkeit zu schenken. *Verdammt, wo ist der Computer?*

Zu ihrer Erleichterung ließ er sie lange genug gehen, um sich über den Tisch zu lehnen, und seine Spielsteine auf die Ebenen zu stellen. Sie konzentrierte sich stärker, ihre Naniten summten durch ihre Adern und ihre Muskeln begannen, zu zittern. Dann lokalisierte sie die Frequenz seines Polycoms. Endlich. Der plötzliche Informationsfluss machte ihre Beine schwach und so musste sie sich auf den Posungi stützen. Nicht, dass es ihm etwas ausmachte. Sein Arm legte sich um sie und seine Finger gruben sich in ihre Arschbacke. Seine Tentakel wackelten dicht vor ihrem Gesicht, einer kam in Kontakt mit ihrer Unterlippe. Nur jahrelange Übung hielt sie davon ab, vor Abscheu wegzuzucken. Ihre Naniten sammelten die Daten, so schnell sie konnten, und übergaben sie ihr in einer unentzifferbaren Welle, weshalb sie ein paar Augenblicke brauchte, um die Informationen zu interpretieren.

Qaiyaans volltönende Stimme hinter ihr ließ sie erstarren. „Da sind Sie ja.“

Die wandernden Finger des Posungi hielten inne und er starrte über ihre Schulter. „Suchen Sie nach mir?“

Mit klopfendem Herzen drehte sich Lisa um. Der Piratenkapitän stand ihnen gegenüber, seine Haltung weit und seine Arme über seiner breiten Brust gekreuzt. Die Wellen der Emotionen, die von ihm zu ihr rollten, vermischten sich mit dem Datenstrom von Nupnups Computer und verwirrten sie weiter. Im Geiste flehte sie ihn an, sich zurückzuziehen. Sie war noch nicht fertig.

„Ich habe gehört, Sie können mir ein Ferienhaus vermieten“, sagte Qaiyaan und starrte den kleineren Alien von oben herab an.

Nupnup stieß einen Atemzug aus und flatterte mit seinen Kinntentakeln. „Muss das jetzt sein? Ich bin gerade beschäftigt.“

Qaiyaan nickte kurz und sein Blick landete auf Lisa, als würde er sie nun zum ersten Mal bemerken.

In dem Moment fand sie die Datei mit den verschlüsselten Kartellinformationen und machte sich an den Code.

Der Griff des Posungi an ihr lockerte sich, als er

sich Qaiyaan zuwandte, vollständig ließ er jedoch nicht von ihr ab. „Haben Sie eine Farbpräferenz? Blau? Rot?"

Lisas Sichtfeld verschwamm mit einer Überlagerung von Informationen, und dann fand sie die Anweisung mit den Kartellcodewörtern. Sie hatten sich nicht verändert. Erleichterung überflutete sie. Sie hob den Blick zu Qaiyaan und nickte kaum merklich.

Sein Kinn hob sich, ohne dass er jemals die Augen von dem orangefarbenen Posungi nahm. „Es muss türkis sein. Mit Meerblick und drei Schlafzimmern."

Nupnups Arm fiel von ihrer Taille. Er richtete sich auf. „Drei Schlafzimmer? Sind Sie sicher?"

Ein unentschlossenes Flimmern, das nur sie spüren konnte, knisterte in der Luft, doch Qaiyaan nickte entschlossen. „Das ist meine Anforderung."

Dieses Mal fing Lisa einen Hauch von Unentschlossenheit von dem Posungi ein. Sie trat zurück und war sich nicht sicher, was sie davon halten sollte. Hatte der physische Kontakt mit dem Tentakel-Alien zu einer Verbindung geführt? Sie erschauderte vor Abscheu. Nein, sie war einfach nicht mehr geübt in Trickbetrügerei, und Qaiyaan hatte eine ungewöhnlich starke Wirkung auf ihre Sinne.

Nupnups Tentakel krümmten sich. „Wenn Sie sicher sind, sollten wir uns einen Ort suchen, an dem wir besprechen können, was Sie benötigen."

Ohne einen Blick auf sie zu werfen, zog Nupnup in die dunklen Tiefen des Solar Swan und Qaiyaan folgte ihm. Sie wusste es besser, als ohne Einladung zu folgen. Außerdem hatten ihr die Naniten eine Idee gegeben. Sie war eine Hackerin und waren ihre Naniten nicht kleine Computer? Doug hatte sie ein paar Mal für sie neu programmiert, wenn die Labortests zu überwältigend gewesen waren. Aber wäre sie dazu in der Lage, es selbst zu tun? Sie könnte einige programmieren, um sich in die anderen zu hacken und so vielleicht ihren Code neu schreiben, und sich so vor Qaiyaans Resonanz schützen.

Dann könnten sie und der Piratenkapitän doch noch ein bisschen Spaß auf Bolisare haben.

KAPITEL NEUN

Qaiyaan folgte dem Posungi in einen winzigen Raum hinter der Bar, wo sich der orangefarbene Außerirdische auf einen Stuhl mit hoher Rückenlehne setzte, der schon bessere Tage gesehen hatte. Ein kleiner Tisch neben ihm hielt eine Karaffe und zwei Gläser bereit, jedoch bot er Qaiyaan keine Erfrischung an. Eine zweite, mickrigere Version seines Stuhls stand ihm gegenüber; zu klein, um für Qaiyaan bequem zu sein, also blieb er stehen. Links dominierte ein großer Spiegel die Wand, und als Qaiyaan einen Ionenimpuls in diese Richtung sandte, spürte er, dass hinter dem Spiegel jemand zusah. Er hatte schon einmal mit Außerirdischen wie Nupnup zu tun gehabt. Er erwartete, dass er bluffte und prahlte.

Qaiyaan hielt sein Gesicht passiv und wartete, während Nupnup die Liste überprüfte, die Mek zusammengestellt hatte. Schließlich blickte der tentakelgesichtige Außerirdische auf. „Sie fordern viele medizinische Spezialprodukte an. Wozu brauchen Sie die?"

„Das erkläre ich gern." Qaiyaan wiederholte, was Lisa gesagt hatte.

Nupnup entließ ein kleines, enttäuschtes Geräusch. „Ihr Schiff ist ziemlich antiquiert und erfordert für eine Reparatur besondere Überlegungen. Das kann einige Zeit dauern."

Mit finsterem Blick verschränkte Qaiyaan seine Arme und blickte auf den Außerirdischen herab. „Bezeichnen Sie mein Schiff als Schrott?"

Nupnup wedelte abweisend mit einem Tentakel. „Niemals würde ich den Schrott, in dem ein Captain umherfliegt, vor ihm in Verruf bringen."

Qaiyaan knirschte bei der passiv-aggressiven Beleidigung mit den Zähnen. „Wie viel Zeit?"

„Ich kann die medizinischen Sachen beschaffen und sie heute Nachmittag liefern lassen. Aber ich kann die Reparatur am Rumpf erst abschätzen, wenn mein Mechaniker ihn sich angesehen hat." Er fuhr mit einem Tentakel über seine geschwollenen Lippen. „Das Aufspüren der entsprechenden Ersatzteile kann eine Solarwoche in Anspruch nehmen. Vielleicht möchten Sie ein Zimmer mieten?"

Mit seinen ionischen Sinnen bewertete Qaiyaan den Herzschlag, die Atmung und die Hauttemperatur des Aliens. Er hatte in begrenztem Umfang mit Posungi zu tun gehabt, und ohne einen Ausgangswert war es schwierig, Nupnups Integrität einzuschätzen. Er wirkte gelassen. Aber Qaiyaans Erfahrung auf den Schwarzmärkten der Galaxie machte ihn misstrauisch. *Was für eine Wahl hatte er schon?* „Besorgen Sie mir einfach, was ich brauche, und dann verschwinde ich so schnell, wie ich gekommen bin."

Die vier Augen des Posungi schienen ihm zuzuzwinkern. „Ich werde jemanden vorbeischicken, um Ihr Schiff zu beurteilen."

„Je schneller, umso besser." Qaiyaan drehte sich und verließ den kleinen Raum.

Zurück im Casino durchsuchte er den Bereich nach Lisa. Ein Garan'uk stürzte in seinem mechanisierten Methantank vorbei und versperrte Qaiyaan die Sicht. Er wich nach rechts aus und folgte dem Glitzern eines goldenen Stoffes in der

Nähe der Bar. Auf dem Weg passierte er eins der Attahat-Räder und entdeckte dann ein Rakwiji, das laut mit dem Barkeeper sprach. Das Alien hatte scharfe Zähne, die im Neonlicht des Casinos gefährlich funkelten. Lisa war nirgendwo zu sehen. Um Ellam Cuas willen, *wo ist sie?*

Als sie sich vorhin durch den Raum bewegt hatte, war er vor Eifersucht fast aus seiner bronzefarbenen Haut gefahren. Jedes Augenpaar war auf sie und ihre schwingenden Hüften gerichtet gewesen. Sie hatte die Gäste wie ein Profi manipuliert, hatte an einem Tisch ein Lächeln aufgelegt, nur um weiter zu wandeln und dort über einen dummen Witz zu lachen. Als sie den Tisch des Posungi erreicht hatte, war er erleichtert gewesen, dass die Tortur fast vorbei war. Aber dann hatte sie sich eine ganze Runde lang an diesen schmuddeligen Menschen geklammert, bevor sie zum Zielobjekt aufgebrochen war. Als Nupnup seine Tentakel an ihr hatte, wäre Qaiyaan fast ausgerastet. Er wusste, dass er zu schnell zu ihr gegangen war, aber er hatte es einfach nicht mehr ertragen. Er dachte, er könne den Kerl lange genug hinhalten, damit sie ihre Fähigkeit benutzen konnte, und er hatte Recht behalten. Kurz darauf hatte sie ihm das Zeichen gegeben, mit dem Plan fortzufahren.

Ihre Cyberempfindlichkeit würde seiner Crew viel Geld einbringen, und sie kannte den Schwarzmarkt wahrscheinlich sogar besser als er. Sie wäre ein wertvolles Mitglied der Crew – wenn er sich davor bewahren könnte, ihr die Kleider vom Leib zu reißen und das zu beenden, was sie in seiner Kajüte begonnen hatten. Der Ständer, gegen den er seit zwei Tagen ankämpfte, war mit der Zeit nur noch hartnäckiger geworden. Sie hatte einen scharfen Verstand und einen Körper, für den jeder Mann sterben würde. Und dieses Kleid ...

Du brauchst nur etwas Zeit, um dich an sie zu gewöhnen. Es fiel ihm jedoch schwer, zu glauben, dass irgendetwas an Lisa jemals so langweilig werden könnte, dass er sie ignorieren könnte. Während er den Raum durchsuchte, tippte er gegen sein Cochlea-Implantat. „Tovik, jemand wird vorbeikommen, um zu sehen, welche Reparaturen der Rumpf nötig hat. Behalte ihn im Auge."

„Aye, aye, Captain", antwortete die Stimme in seinem Kopf. „Wie lange wirst du noch brauchen?"

„Ich bin mir nicht sicher. Ich werde dich auf dem Laufenden halten."

Als er durch den Flur zu den Spielautomaten ging, nahm er von seinen ionischen Sinnen Verzweiflung wahr. Ja, er sehnte sich danach, mit ihr zu sprechen. Er hatte nicht daran gedacht, sich auf einen Ort festzulegen, an dem sie sich treffen konnten, falls sie sich aus den Augen verloren. Ein wahrer Gefährtenbund würde sich gerade jetzt als sehr nützlich herausstellen und es ihnen in jeder Entfernung ermöglichen, miteinander zu kommunizieren. Nicht, dass er auf einen Bund gehofft hatte – weder mit ihr noch mit einer anderen.

Er nahm einen tiefen, beruhigenden Atemzug und schaute weiter. Er entdeckte das schimmernde Goldgewebe in der Nähe der Spielautomaten. Lisa flirtete mit zwei jungen Finofans. Er hielt inne und beobachtete, wie sie ihren Kopf zurückwarf und lachte. Das falscheste Lachen aller Zeiten. Die Finofans bemerkten dies nicht und bekamen nicht genug von ihr, berührten sie und flatterten aufgeregt mit den fluoreszierenden Ohrflossen. Einer lehnte sich zu ihr, um ihr etwas ins Ohr zu flüstern, und eine hitzige Welle der Eifersucht – ein Gefühl, das immer häufiger durch ihn jagte – überflutete seine Sinne. Dann sah er, wie ihre Fingerspitzen in die Tasche des Mannes tauchten und einen Schlüssel herausfischten. *Was macht sie denn da?* Er konnte wirklich keinen erneuten Gefängnisausbruch gebrauchen. Der von Noatak war mehr als genug gewesen. Dort war sein Erster Offizier gelandet, nachdem er von den Erholungsstims abhängig geworden war.

Er marschierte zu ihr, ragte über den jungen Außerirdischen und blickte die beiden finster nieder. „Diese Frau gehört mir. Verschwindet."

Die Finofans kauerten, die Ohrflossen legten sich flach an ihre Schädel und dann huschten sie geräuschlos davon. Lisa kicherte. „Gutes Timing", sagte sie und nahm seine Hand.

Bevor er sie nach dem Schlüssel fragen konnte, führte sie ihn zum Aufzug. In der Kabine drehte er sich zu ihr um. „Willst du mir verraten, was du aussheckst?"

„Spiel einfach mit." Ihr Blick sprang kurz zu einer der oberen Ecken im Fahrstuhl. Im nächsten Moment schlang sie die Arme um seinen Hals. Über ihrem Kopf entdeckte er die Kamera. Vermutete sie, dass sie beobachtet wurden? Von wem? Bevor er *Nein* sagen konnte, lag ihr Mund auf seinem, ihre Zunge schob sich zwischen seine Lippen und brachte sein Blut in Wallungen. Jedes Atom seines Wesens regte sich vor Verlangen und wurde von ihm angezogen. Seit dem Moment in seiner Kajüte träumte er davon. Von ihrem Geschmack, der ihn füllte, blumiger Moschus und die einzigartige Süße dieser Frau.

Ihr weicher Körper formte sich an seinen harten, und ein Lustschauer durchlief sie. Er war sich sicher, dass sie es auch spürte, diesen Hunger, diese intensive Dringlichkeit. Das war keine Vorstellung für die Kamera. Es war echt, es war ursprünglich. Er spreizte seine Hand auf ihrem unteren Rücken und seine Fingerspitzen sprühten Funken, als sie bei dem rückenfreien Kleid auf nackte Haut trafen. Indessen krallte sie sich mit ihren Fingern verzweifelt in seine Schultern.

Er nahm mehrere gemessene Atemzüge, während seine Zunge mit ihrer duellierte und dabei versuchte, den Drang zu zügeln, seinen Schritt an ihrem zu reiben und seine Ionensinne zu benutzen. Lange unterdrückter Instinkt prallte gegen diese Schutzmauer und schwächte seine Entschlossenheit schneller als erwartet.

Zu seiner Erleichterung gab der Aufzug einen Ton von sich. Mit ihren von dem leidenschaftlichen Kuss geschwollenen Lippen und glasigen Augen sah sie zu ihm auf. Ihre Stimme ertönte als heiseres Flüstern: „Unser Stockwerk, denke ich." Sie trat aus der Umarmung. „Hier entlang."

Seine Haut schmerzte von dem Verlust ihres Körpers an seinem. Am liebsten würde er nach ihr greifen, sie wieder an sich ziehen, aber er ballte seine Hände zu Fäusten und folgte ihr. Diese Sache zwischen ihnen durfte nicht weitergehen. Das wusste er, denn seine ionische Macht bewegte sich in ihm wie ein Wasserstoffnebel der Klasse Fünf.

Sie erreichten den Raum und die Tür öffnete sich, begleitet von einem warmen Luftstrom, die Temperatur passend für den Komfort der Finofans. Er atmete tief durch, die Veränderung eine willkommene Ablenkung. Im Inneren umfassten die Standarddekorationen zwei Doppelbetten und einen Videobildschirm mit Blick auf einen rosa Sonnenuntergang über goldenen Bergen. Lisa wies ihn an, einzutreten und sobald sie die Tür zugemacht hatte, drehte sie sich um und presste sich mit dem Rücken dagegen. „Und? Wie ist es gelaufen?"

Er ging zum Bett und sank schwer auf die Matratze. Der Kuss *war* für die Kamera gewesen. Er war erleichtert und sehnte sich dennoch weiter nach ihrer Berührung. „Ich bin mir nicht sicher, ob ich diesem Nupnup vertraue."

„Das solltest du auch nicht. Er gehört vielleicht nicht zum Kartell, aber er arbeitet für sie." Sie bewegte sich auf die Replikatorkonsole an der Wand zu. „Zwei Tula-Creme-Cocktails auf Eis."

Qaiyaan konnte seinen Blick nicht von ihren Kurven oder dem langen Schlitz in ihrem Kleid nehmen, der jedes Mal ihren wohlgeformten Schenkel aufblitzen ließ, wenn sie sich bewegte. Er hatte mit dem Kleid viel zu gute Arbeit geleistet. Wahrscheinlich, weil er sich schon seit so vielen Jahren das Anfassen verbot. Augen hatte er jedoch und er wusste, was gut aussah. Und was ihm gefiel. „Er schickt das medizinische Zeug, das Mek für dich braucht. Die Reparatur des Rumpfes kann eine Woche dauern."

Sie sah ihn über die Schulter an und runzelte die Stirn. „Eine Woche? Mek meinte, dass nicht viel notwendig sei. Ist der Schaden doch so schlimm?"

„Ich versuche, meine Crew nicht zu alarmieren. Aber ... ja", antwortete er wahrheitsgemäß. Es gab keinen Grund, Geheimnisse vor ihr zu haben. „Ich befürchte schon eine Weile, dass die eine Naht bald sprengt."

„Ich schätze, das bedeutet, dass wir etwas Zeit zum Totschlagen haben. Mit freundlicher Genehmigung meiner Finofan-Freunde." Grinsend nahm sich Lisa die Drinks und bot ihm eines der Gläser an.

Dankbar nippte er an dem eisigen Cocktail. Der buttrige Geschmack der Tula-Früchte und -Sahne spülte über seine Zunge. Sie nahm einen Schluck von ihrem Drink, und er beobachtete, wie ihre Kehle beim Schlucken arbeitete. *Usviiqe*, diese Frau war das Verlockendste, was er jemals gesehen hatte. „Was, wenn sie zurückkommen?"

„Mach dir keine Sorgen." Sie stellte ihr Getränk auf den Nachttisch und schob sich zwischen seine Knie. „Mit den Sprüchen, die sie bringen, werden sie in den nächsten Stunden keine Frau für sich finden."

Ihr Fliederduft überflutete ihn und wieder rührte sich sein Schwanz. Auch wenn er nicht in der Lage war, ihre Erregung durch ihre Resonanz zu spüren, zeigte sie sich doch in ihren harten Nippeln, die durch den dünnen Stoff ihres Kleides zu sehen waren.

Sie fuhr mit der Fingerspitze über seine Wange und seinen bärtigen Kiefer. „Ich möchte etwas ausprobieren."

Sein Herzschlag dröhnte wie Schubmotoren in seinen Ohren. „Das dürfen wir nicht. Du weißt, dass wir das nicht dürfen."

Sie neigte den Kopf. „Wir haben uns im Aufzug geküsst und es geht mir gut."

Die Erinnerung kehrte zu ihm zurück und er leckte sich die Lippen. „Ich hatte meine Schutzmauer hochgefahren."

„Ich auch."

Das ließ ihn innehalten. „Was meinst du damit?"

„Ich habe meine eigenen Naniten gehackt."

Er blinzelte verwirrt. „Das kannst du?"

„Genau das will ich testen." Sie griff nach unten, hob seine Hand und legte sie auf das Tal zwischen ihren Brüsten und damit direkt auf ihr heftig pochendes Herz. „Wenn ich ein Mitglied deiner Crew werden soll, müssen wir lernen, in der Nähe des anderen zu sein."

Ja, das hatte er auch schon gedacht. Und wenn sie ihre Naniten reparieren könnte ... Er holte tief Luft und wurde mit ihrem köstlichen Duft belohnt. Schloss sie sich seiner Crew an, würde er sie ganz sicher berühren. Dann konnten sie auch jetzt testen, ob es funktionierte, anstatt zu warten, bis sie sich in den Weltraum vorwagten. „Es könnte tödlich enden."

Ihr Mund verzog sich zu einem verspielten Lächeln. „Es könnte Spaß machen. Ein Kuss."

Er stöhnte und schloss die Augen. Er dachte an mehr als nur einen Kuss. Er dachte daran, in sie zu dringen und die Hitze ihrer Pussy um sich zu spüren. Schickte sie diese Emotion an ihn? Es spielte keine Rolle. Da sie fragte, würde er ihr geben, was sie wollte. Er öffnete seine Augen, bewegte seine Handfläche von ihren Brüsten nach oben und legte die Finger um ihre Kehle. Ihr Puls pochte unter seinen Fingerspitzen. „Ein Kuss", hauchte er.

―――――

Lisas Naniten bebten vor Vorfreude und schärften ihr Bewusstsein für Qaiyaans Berührung – ihrem Bedürfnis nach seiner Berührung. Sie wollte seine Hände am ganzen Körper spüren. Die damit verbundene Bedrohung verstärkte ihre Erregung. *Nur diese Naniten durfte sie dabei nicht vergessen.* Der Kuss im Aufzug hatte ihr bewiesen, dass ihre Neuprogrammierung funktionierte; die Naniten konnten mit den gefährlichen Frequenzen von Qaiyaan umgehen.

Er stand auf, ragte über ihr. Seine muskulöse Brust war nur eine Haarbreite von ihrer entfernt. Ihre Brustwarzen richteten sich in seiner Nähe sofort auf. Er senkte seinen Kopf, um ihren Mund einzufangen, und stahl ihr mit dem Kuss den Atem.

Elektrisierende Begierde raste durch ihren Körper und sammelte sich zwischen ihren Schenkeln. Wenn er sie bereits mit einem Kuss einem Orgasmus näherbringen konnte, was würde dann Sex mit ihr tun?

Sie schmolz dahin, schmiegte sich mit ihren Brüsten an ihn. Seine Arme schlangen sich um ihren Rücken und schließlich riss er sie noch enger an sich, sodass sie seine Erektion spüren konnte. Bei dem Kontakt wurde ihr schwindelig. *Nicht ohnmächtig werden.* Sie verstärkte ihre Naniten, ähnlich wie sie es getan hatte, als sie den Scans des Arztes ausgewichen war. Der Schwindel ließ nach. Euphorie schwappte durch sie. *Du kannst das.*

Sie hob ein Bein um seine Hüfte und bebte mit sexueller Vorfreude, als sich sein pulsierender Schwanz gegen den dünnen Stoff ihres Höschens presste. Seine Lippen unterbrachen den Kuss lange genug, sodass er fragen konnte: „Alles gut?"

Sie nickte leicht genervt und hob auch ihr zweites Bein über seine Hüfte und kreuzte hinter ihm die Knöchel.

Im nächsten Moment drehte er sich um und ließ sich mit ihr auf das Bett fallen, sein Gewicht über ihr eine heiße, pulsierende Masse des Verlangens. Sie legte beide Hände auf sein bärtiges

Gesicht, ihr Mund so hungrig wie seiner, ihre Zungen und Lippen verschlangen einander, tanzten und duellierten. Der Rock ihres Kleides war bis auf ihre Taille gerutscht, und so fand seine Hand ihren Schenkel, von wo er sich langsam zu ihrem Po aufmachte und eine Arschbacke packte. Seine steinharte Brust drückte gegen ihre schmerzenden Brüste und … Oh Gott, ihr Höschen war vollkommen durchnässt.

Eine breite Handfläche massierte ihre Hüfte und er arbeitete sich an ihrer Seite hoch, bis er eine Brust erreichte. Sein Atem liebkoste ihre Wange und ihren Hals so sicher wie seine Hand den weichen Hügel unter ihrem Kleid streichelte. Küsse entlang ihres Kiefers folgten. Er saugte an ihrer Kehle, während er ihre geschwollene Brust massierte, ihren Nippel mit dem Daumen umkreiste und diesen zu einer schmerzenden Knospe neckte. Dann tauchte er in ihr Kleid, enthüllte ihr zartes Fleisch für seine Zunge und dem entzückenden Gefühl seines kitzelnden Bartes. Sie stöhnte und wölbte sich ihm entgegen, als er an ihrer Brustwarze knabberte und saugte. Seine andere Hand schob sich zwischen ihre Körper, fand ihr Geschlecht und neckte sie durch ihr Höschen.

„Zieh es mir aus", flehte sie.

Er schob seine Finger unter den Stoff und glitt entlang ihrer feuchten Spalte, bevor er mit ihm in ihre Hitze drang. Sie schrie auf und wölbte sich ihm erneut entgegen. Langsam und qualvoll zog er sich zurück. Sie zuckte mit der Hüfte nach oben und flehte ihn so nach mehr an. Er saugte immer noch an ihrer Brustwarze, als er wieder mit dem Finger in sie stieß und seinen Handballen dabei gegen ihre Klitoris rieb. Der elektrisierende Kontakt breitete sich in ihrem ganzen Körper aus.

Stöhnend bewegte Qaiyaan seinen langen Finger in ihrer Enge und rieb über ihre Schamlippen, bis sie sich unter ihm wand. Mit dem Zeigefinger der anderen Hand fand er ihren Ausschnitt und zog ihn nach unten, sodass ihre Brüste zum Vorschein kamen. Seine Zunge zeichnete einen sengenden Pfad entlang ihrer Rippen. Er leckte und saugte über ihren Bauch, während seine Finger tief in ihr seinen Rhythmus fortsetzten. Im nächsten Moment riss er ihr das Höschen vom Leib und vergrub sein Gesicht zwischen ihren Beinen.

Sein Mund arbeitete an ihrem geschwollenen Nervenbündel, bis sich Hitze in ihr erhob, die sich zu einem Waldbrand bündelte. Seine Zunge, oh seine Zunge! Ihre Hände vergruben sich in seinen

Haarmassen, als er ihre Klitoris umkreiste. Gleichzeitig stieß er mit dem Finger in ihre Pussy, sodass sie dem Höhepunkt stetig näherkam. Sie buckelte und wölbte sich an ihm, wollte mehr, wollte seinen Schwanz. Er neckte immer wieder mit seinem Finger den Punkt, der tief in ihr verborgen lag. Der Druck baute sich schnell und heiß auf, bis ihr ganzer Körper vor Verlangen bebte.

„Qaiyaan, oh ja!", schrie sie und warf den Kopf auf der Matratze von links nach rechts.

Er nahm an Tempo zu, fügte einen dritten Finger hinzu und dehnte sie, bis es an Schmerz grenzte. Ihr Puls raste so schnell und hart, dass sie dachte, sie könnte tatsächlich einen Herzinfarkt bekommen und sterben. Der Druck tief in ihrem Bauch schwoll an und verharrte. Seine Hand, die mit ihrer Brust gespielt hatte, bewegte sich nach unten, drückte sanft auf ihren Unterleib und erhöhte so die Empfindung seiner Finger in ihr.

Die zusätzliche Empfindung ließ sie über den Rand stolpern. Sie schrie und ihr pulsierendes Epizentrum schickte lähmende Wellen der Lust nach außen. Noch nie in ihrem Leben hatte sie etwas so Intensives erlebt. Ihre Naniten bewegten sich wie Feuerströme durch ihre Venen und erhellten jedes Nervenende, als könnte nicht mal das Universum selbst ihre Macht eindämmen.

Der Orgasmus hielt an, wollte nicht stoppen, und mit einmal war ihr klar, dass niemand das Recht auf einen Höhepunkt dieser Art haben sollte. Jede Zelle in ihr erkannte, dass es ein Problem gab, noch bevor die Welt begann, sich zu drehen. Sie griff nach ihren Naniten, wusste jedoch, dass es zu spät war. Ein Programmabsturz wurde eingeleitet. *Nicht schon wieder!*

Qaiyaan schwebte über ihr, sein bronzehäutiges Gesicht mit Sorge gezeichnet. „Lisa?"

Sie klammerte sich an das Bewusstsein und blinzelte zu ihm auf, legte ihre Fingerspitzen an seine Wange. Dann wurde alles schwarz.

KAPITEL ZEHN

Mit Lisa so leicht wie ein Zweig in seinen Armen schob sich Qaiyaan durch das überfüllte Casino, als ob das Gebäude in Flammen stünde. Ansässige Ärzte waren keine Option – Bolisare war dafür bekannt, ein Piratenplanet zu sein, und die Information über ihre Naniten würde sich wie eine Supernova ausbreiten. Er hatte Mek angerufen, der ihm gesagt hatte, er solle an Ort und Stelle bleiben, aber das konnte er nicht. Qaiyaan konnte Lisa schneller zum Schiff bringen, als der Arzt seine Ausrüstung zusammensammeln und eine Rikscha rufen konnte. Was machten diese verdammten Syndicorp-Naniten gerade mit ihr? Er prüfte wieder ihren Puls und der gleichmäßige Takt beruhigte ihn. Jedoch bereitete es ihm Angst, was jetzt in ihrem Gehirn vor sich ging.

Im Raum war er so stolz auf sich gewesen, hatte die volle Kontrolle behalten und sich nur auf ihr Vergnügen konzentriert. Aber er hätte es besser wissen sollen, als zu glauben, dass die Technologie von Syndicorp tatsächlich zu seinen Gunsten wirken könnte. Bei dem langbeinigen Rakwiji-Türsteher fletschte er seine Zähne. Das Biest stand ihm im Weg und flatterte aggressiv mit seinen Schuppen. Auch sein Ausdruck zeugte von Aggression. Seine langen Beißer glitzerten in den bunten Lichtern, doch es schien sich gegen eine Konfrontation zu entscheiden und eilte aus dem Weg.

Er platzte aus dem dunklen Casino und auf den hell erleuchteten Bürgersteig. Die empörten Blicke ignorierend schob er sich an die Spitze einer Schlange, die auf Rikschas wartete, und setzte Lisa in einem der Fahrzeuge auf die Bank. Als der Mensch, der gerade mit dem Fahrer feilschte, das Wort gegen Qaiyaan erhob, schubste er den Mann einfach aus dem Weg. Der Mensch stolperte rückwärts und fiel auf seinen Hintern, was dazu führte, dass sich seine Begleiter lautstark beschwerten. Qaiyaan kümmerte sich einen *Anaq* darum, was sie zu sagen hatten. Als er neben Lisa Platz nahm, schrie er den Fahrer an: „Zum Hafen. Schnell. Ich zahle das Doppelte, wenn du uns in weniger als fünfzehn Minuten dorthin bringst."

Der Fahrer paddelte los, steuerte das Fahrzeug vom Bordstein und in den Verkehr. Mit zunehmender Geschwindigkeit fuhr die Rikscha an einem entgegenkommenden U-Bus vorbei und nahm mit halsbrecherischem Tempo die Kurve zum Hafen.

Qaiyaan tippte auf sein Cochlea-Implantat. „Ich bin auf dem Weg!"

Meks Stimme drang in seinen Kopf: „Ich habe dir doch gesagt, du sollst dich nicht vom Fleck bewegen!"

„Ich stehe nicht hilflos daneben, während du deinen schlaffen Arsch in Gang bringst. Wo können wir uns treffen?"

Ein Seufzer war zu hören. „An der Rampe zum Frachtraum. Geht es ihr besser?"

Qaiyaan zog Lisas zerrissenes Kleid über ihre Brüste und wünschte, er könnte in ihr Gehirn sehen. „Nein."

„Bist du sicher, dass du sie nicht angestupst hast?"

Noch vor wenigen Minuten war er stolz darauf

gewesen, seine Kontrolle behalten zu haben. Hatte er sie angestupst? Er war so vernarrt in sie gewesen und ihr Körper hatte ihn dermaßen in den Bann gezogen, dass er sich nicht sicher sein konnte. Er glaubte nicht, dass er das hatte. Er hatte nicht das Bedürfnis verspürt. Die Verbindung war spürbar gewesen, rief zu ihm und sagte ihm, was sie mochte, was sie brauchte. Eine Präsenz, die einzigartig Lisa war. Und sie hatte ihm nie gesagt, er solle aufhören. Sie hatte keine Warnung verlauten lassen, dass sie die Kontrolle verlor. Ihr Orgasmus hatte sich auf herrliche Weise auch in ihm ausgebreitet, ein Moment des gemeinsamen Vergnügens, wie er es noch nie zuvor erlebt hatte. Sein Schwanz war bereit gewesen. Dann war der immaterielle Bund gerissen. Er hatte eine Resonanz wahrgenommen, die immer noch durch seinen Blutkreislauf summte. Er gab Mek die einzige Antwort, die er geben konnte: „Sie wollte experimentieren. Um zu sehen, wie weit wir gehen können."

Die Stille über sein Implantat drückte Meks Missbilligung besser aus, als es seine Worte je könnten. „Was hast du dir bitte dabei gedacht?"

Schuldgefühle formten in Qaiyaans Kehle einen Kloß. Anstatt zu antworten, tippte er auf sein

Implantat, um es zum Schweigen zu bringen, und brüllte dann zu dem Fahrer: „Kannst du nicht schneller fahren?"

Seine gesamte Besatzung wartete am Frachtraum, als die Rikscha auf dem glühend heißen Asphalt zum Stillstand kam. Qaiyaan hob Lisa vom Sitz und schritt auf das Raumschiff zu. Der Fahrer folgte ihm und verlangte lautstark nach seiner Bezahlung. Qaiyaan befahl seinem Ersten Offizier, den wütenden Yanipa-Nimayu zu entlohnen, und machte sich auf den Weg zur Krankenstation. Mek rannte mit einem tragbaren Scanner neben ihm her und fuhr damit über Lisas schlaffe Form.

Normalerweise hätte Qaiyaan in einer Notsituation eine Welle ionischer Energie in seine Füße geschickt, die es ihm ermöglicht hätte, auf die Brücke im zweiten Stockwerk zu springen, wo sich die Krankenstation befand. Aber er hatte Angst, seine Kräfte einzusetzen, solange er eine bewusstlose Frau in seinen Armen trug. Demnach entschied er sich für die Treppe und nahm drei Stufen mit einmal.

In der Krankenstation legte er sie sanft auf den Untersuchungstisch und bedeckte ihre nackte Haut erneut mit dem zerrissenen Kleid, um sie vor den

Blicken seiner Besatzung zu bewahren. Als er Meks Hand auf seinem Arm spürte, der versuchte, ihn zur Seite zu schieben, erstarrte er und sein Instinkt befahl ihm, seine Frau vor ihm zu beschützen. Meks Stimme schaffte es jedoch, ihn wieder zur Besinnung zu bringen. „Ich bin mir nicht sicher, was ihre Ohnmachtsanfälle verursacht, aber du bist der gemeinsame Nenner. Du musst gehen."

Er war der gemeinsame Nenner. Großer Ellam Cua, was, wenn er seine einzige Chance auf eine Gefährtin ruiniert hatte? Er trat zurück, seine Aufmerksamkeit klebte jedoch weiterhin auf der am Tisch sitzenden Frau – seiner Gefährtin! Vollendet oder nicht, der Bund war nicht länger zu leugnen. „Sie hat versucht, ihre eigenen Naniten umzuprogrammieren. Sie wollte uns kompatibel machen."

Mek kniff die Augen zusammen. „War sie erfolgreich?"

„Offensichtlich nicht", krächzte Qaiyaan bedauernswert. Warum hatte er ihr erlaubt, ihn dazu zu überreden?

Tovik bewegte sich zwischen Qaiyaan und dem Untersuchungstisch, seine grünen Augen voller Mitgefühl. „Komm schon, Captain. Ich weiß, wo du den *Akluilak*-Wein versteckst. Lass den Arzt sein Ding machen."

Widerwillig folgte er seinem Ingenieur zur Kombüse.

Drei Schlucke Wein später fühlte sich Qaiyaan nicht ruhiger. Seine Seele erweckte den Eindruck, als wäre sie entzweigerissen worden. Tovik war abberufen worden, um mit Nupnups Mechaniker zu sprechen, und Noatak saß schweigend in der Kombüse, die Füße auf dem benachbarten Stuhl, die Arme über der Brust verschränkt. Sie beobachteten beide die Tür und warteten darauf, dass Mek mit einem Update zu ihnen kam.

Als der Arzt schließlich um die Ecke lief, hielt er mit dem Gesicht nach unten inne und starrte auf seinen Scanner. Qaiyaan wollte ihn erwürgen, weil er so lange brauchte, und zögerte nur, um die Analyse des Arztes nicht zu stören. Am Ende war es Noatak, der das Schweigen brach: „Hör auf, dich wie ein Arsch zu benehmen, Mek. Wenn du noch nicht bereit bist, etwas zu sagen, geh zurück in die Krankenstation. Der Captain bekommt sonst einen Wutanfall, der einem Rasvride-Leviathan stolz machen würde."

Mek starrte weiter auf seinen Scanner. „Ihre Gehirnströme sind auf einem merkwürdigen Wert, aber es ist anders als beim letzten Mal. Die Naniten reproduzieren und programmieren sich mit einer Geschwindigkeit, bei der ich nicht mithalten kann. Auch ihre Synapsen können nicht mithalten und ich weiß nicht, wie ich es aufhalten soll. Sie ist so empfindlich gegenüber Energiefrequenzen, dass ich mit meinen Low-Level-Sensoren an keine anständigen Messwerte komme, und ich befürchte, dass etwas zu Intensives die Situation verschlimmern könnte. Ich habe ihr eine Testdosis eines synaptischen Equalizers gegeben, aber ich bin mir nicht sicher, wie die menschliche Physiologie reagieren wird." Er senkte das Gerät. „Kannst du mir genau sagen, was passiert ist? Fang vorne an, von dem Moment, als ihr das Schiff verlassen habt."

Qaiyaan erhob sich und rieb mit beiden Händen über sein Gesicht und durch seine langen Haare. Er gab jeden Schritt wieder, den sie gemacht hatten, schraubte bei dem intimen Moment etwas runter, machte jedoch deutlich, dass sie intim gewesen waren. „Aber ich habe sie nicht angestupst, das schwöre ich. Ich bin mit ihr auch nicht weiter gegangen, als wir es bei anderen Frauen getan haben."

„Ich habe dich gewarnt, dass jede Intimität zu

viel für sie sein könnte." Meks beschuldigender Blick und Ton kamen bei Qaiyaan kaum an, da er bereits durch seinen eigenen Schuldsumpf watete.

„Ich weiß." Qaiyaan schnappte sich den Wein und nahm einen großen Schluck direkt aus der Flasche.

Tovik gesellte sich zu ihnen und sein Blick schweifte von Mek zu Qaiyaan. „Der Mechaniker ist fast damit fertig, die beschädigten Platten am Rumpf zu scannen. Was habe ich verpasst?"

Noatak nahm die Füße von seinem behelfsmäßigen Fußschemel und griff nach der Flasche. „Mek hat gerade den Captain dazu gezwungen, alles auszuplaudern, was er mit Lisa angestellt hat."

„Und ich habe das alles verpasst?"

„Haltet die Klappe, ihr zwei", warnte Mek.

Qaiyaan schritt durch die kleine Kombüse. Die Hilflosigkeit und die Wut, die er jetzt empfand, waren fast so lähmend wie das, was er empfunden hatte, als er von der Zerstörung seines Planeten und aller, die er liebte, erfahren hatte. „Das ist alles meine Schuld."

Mek konsultierte noch einmal seinen Scanner. „Ich wünschte, ich könnte ihre Nano-Programmierung verstehen. Es hat sie sensibler für ein Anstupsen gemacht, als es vielleicht bei einer Denaida-Frau der Fall gewesen wäre."

Tovik setzte sich neben Noatak. „Womöglich weiß sie einfach nicht, wie sie die Empfindlichkeit ausschalten soll. Das war doch der Grund, warum unsere Frauen den Planeten nicht verlassen konnten, oder? Sie konnten den Input anderer Arten nicht blocken?"

Qaiyaan legte beide Hände auf den Tisch. „Wenn sie das nicht abschalten kann, ist es denn möglich, ihr die Dinger zu entfernen? Können wir ihr Blut reinigen?"

Meks Augenbrauen zogen sich zusammen. „Ich fürchte, das ist nicht so einfach. Sie haben sich auf eine Weise mit ihren Synapsen verbunden, dass es mehr schaden als nützen kann, sie zu entfernen."

Ein Bild von Lisas Verstand, der von winzigen Robotern überrannt wurde, erfüllte Qaiyaan mit Schrecken. Roboter, die sie nie abschalten könnte. „Sie nimmt mich immer noch wahr, oder? Das ist das Problem."

„Vielleicht. Aber sie sollte es vermeiden, ihre Naniten zu benutzen, bis wir das genau wissen."

„Sie nimmt ihn wahr? Oder reden wir davon, dass die Syndicorp-Naniten dich wahrnehmen?", fragte Noatak. „Was, wenn sie das alles direkt an die

Syndicorp-Spione übermittelt? Ich sage, wir stecken sie wieder in den Kryo-Pod."

Mek nickte nachdenklich.

Qaiyaan stemmte die Hände in seine Hüften und stellte sich seiner Crew. „Wir stecken sie nicht in den Pod."

„Sei nicht so voreilig. Die Idee ist gar nicht so dumm." Mek scrollte auf seinem Scanner und seine Augen huschten über die Informationen, als könnte er nicht alles schnell genug lesen.

„Sie ist keine Bedrohung für uns, nicht in ihrem derzeitigen Zustand", behauptete Qaiyaan. „Und sie wäre letztes Mal fast im Pod gestorben."

„Es ist nicht so, dass wir ihr nicht vertrauen —", begann Mek.

„*Ich* vertraue ihr nicht", unterbrach Noatak.

Mek runzelte die Stirn bei dem Geständnis seines Ersten Offiziers. „Du bist keine große Hilfe." Er wandte sich wieder Qaiyaan zu. „Wenn sie ihre Naniten verlangsamt, könnte dies die Programmierkaskade unterbrechen, was ihr die nötige Zeit geben würde, die Kontrolle wiederzuerlangen. Außerdem haben wir uns immer noch nicht mit dem Problem befasst, wie sie beim Verlassen von Bolisare der Verbrennung standhalten soll. Der Kälteschlaf würde sie stabilisieren, bis wir einen richtigen Plan haben.“

Qaiyaan holte tief Luft und versuchte, zu denken. So sehr er es auch hasste, es zuzugeben, Mek könnte Recht haben. „Wo bekommen wir aber einen funktionsfähigen Kryo-Pod her?“

Tovik trommelte mit seinen Fingern auf dem Tisch herum. „Ich habe an ihrem alten Pod Reparaturen vorgenommen. Er sollte jetzt noch besser funktionieren.“

Noatak zog eine Augenbraue hoch. „Nichts für ungut, Tovik, aber ich bin mir nicht sicher, ob wir sie in eine deiner neuen und verbesserten Erfindungen stecken sollten.“

Qaiyaan nickte. Toviks jüngste Verbesserung der Dusche hatte die Hälfte ihrer Wasserversorgung verbraucht, bevor sie merkten, was vor sich ging.

„Hey!“ Tovik funkelte jedes einzelne Besatzungsmitglied wütend an. „Meine Upgrades haben uns öfter den Arsch gerettet, als ich zählen kann.“

„Und ich schätze es, wenn die Dinge funktionieren, Tovik. Das tue ich wirklich. Aber hier geht es nicht um uns und wie wir von einem Raub die Flucht ergreifen. Hier ...“ Qaiyaan war sich nicht sicher, wie er es erklären sollte. „Hier geht es um Lisa. Ich gehe zurück zu Nupnup und frage nach einem Pod."

Hinter ihm sprach eine unbekannte Stimme. „Dafür ist es zu spät."

Qaiyaan wirbelte herum und hob die Fäuste. Ein Menschenmann gekleidet in einem Overall, der ihn als Mechaniker auswies, blockierte die Tür und zielte mit einer voll aufgeladenen Pulspistole direkt zwischen Qaiyaans Augen.

Lisa spürte Qaiyaans Aufruhr, wie einen Ruck, der tief in ihre Seele reichte und sie anflehte, sich zu befreien. Der Strudel, der sie umgab, weigerte sich, sie gehen zu lassen. Auch ließ er nicht zu, dass sie in ihrem Verstand festen Boden fand. Sie war sich jedoch bewusst, dass die Crewmitglieder nach Optionen suchten. Toviks bezaubernde Sorge. Meks analytische Sorge. Sogar Noataks Wunsch, ihr zu helfen, trotz seines Widerwillens, zu hoffen. Keine dieser Verbindungen konnte sie kappen.

Dann nahmen ihre cyberempfindlichen Naniten eine verschlüsselte Nachricht auf. Sie schnappten sich Teile aus dem Aufruhr und setzten die verschiedenen Pakete aus Informationen zusammen. Es befand sich ein Fremder auf dem Schiff. Ein Eindringling. Ein Mitglied des Kartells.

Und es waren noch mehr unterwegs.

Adrenalin überflutete ihren Körper und schärfte ihren Fokus. Sie musste die Besatzung warnen. Die Männer, die so viel riskiert hatten, um sie zu retten, würden leiden und sterben. Das Kartell würde sie dafür bestrafen, ihr geholfen zu haben. Sie würden sie zum Spaß und aus Vergeltung foltern. Die Erinnerung an einen Rakwiji-Kopfgeldjäger, der mit seiner Klaue ein blutiges Kartell-Tattoo auf Selohs Brust hinterlassen hatte, überwältigte sie in ihrem geschwächten Zustand. Sie musste aufwachen. Sofort.

Die Naniten, die sie umprogrammiert hatte, kämpften weiter gegen diejenigen, die sich in Syndicorp-Protokollen verheddert hatten. Synapsen in ihrem Gehirn feuerten zufällig ab und schufen ein sich ständig veränderndes Labyrinth, dem sie nicht entkommen konnte. *Du hast die Systeme einmal gehackt. Du kannst es wieder tun.* Sie schnappte sich einen der Naniten. Nur einen. Es brauchte all die Kraft, die sie hatte, aber sie gab ihm eine einzige Anweisung.

Wecke mich auf.

Der winzige Computer grub sich durch den

elektronischen Sturm ihres Verstandes und zog sie hinter sich her. Sie wippte an die Oberfläche des Bewusstseins und holte tief Luft, als wäre sie unter Wasser gewesen. Ihre Augen flogen auf, geblendet von der fluoreszierenden Beleuchtung der Krankenstation. Sie war allein im Zimmer. Nach ein paar Atemzügen, um ihre Kräfte zu bündeln, versuchte sie, sich aufzusetzen, ihr Körper jedoch weigerte sich, zu gehorchen. *Komm schon! Beweg dich!*

Ein Finger nach dem anderen, eine Hand, ein Arm. Dann saß sie. Mit dem Nanit, das sie geweckt hatte, begann sie, die Verbliebenen neu zu programmieren. Aber Syndicorps Programmierung wehrte sich. Ihre Kräfte erodierten. Ihr Bauchgefühl sagte ihr, alles herunterzufahren und einen Neustart einzuleiten. Das jedoch würde sie wahrscheinlich erneut ausschalten, und sie war sich nicht sicher, ob sie jemals wieder aufwachte, wenn sie das täte. Das Einzige, was sie tun konnte, war, eine Mauer zwischen ihrem Bewusstsein und ihrer Cyberempfindlichkeit zu schaffen, um die Syndicorp-Fraktion in Schach zu halten.

Sie stellte ihre Füße auf den Boden und merkte sofort, dass ihre Knie einzuknicken drohten. Ihr zerrissenes Kleid wurde mit medizinischem Klebeband über der Brust zusammengehalten, und zu ihrem Arm führte eine Infusion. Sie befreite sich davon und legte ihre bebenden Handflächen auf das Bett, während sie in der Krankenstation nach einer Waffe suchte. Sie brauchte etwas, um den Eindringling abzuwehren. Sie hatte keine Ahnung, wie er hier reingekommen war, oder ob die Crew von ihm wusste. Sie wusste jedoch eine Sache: Er wartete auf Verstärkung. Ihre Hand griff nach einer Schere, das Einzige, das zumindest ein wenig bedrohlich wirkte – es sei denn, sie beabsichtigte, ihn mit einem Scanner zu erschlagen. Sie fädelte ihre Finger durch die Schlaufen der Schere und schlich aus der Krankenstation.

Im Korridor vernahm sie Qaiyaans empörte Stimme: „Wer bist du?"

Ein Fremder in Arbeitskleidung stand mit dem Rücken zu ihr, mit einem Fuß in der Küche und dem anderen auf dem Korridor.

„Er soll den Rumpf reparieren", sagte Tovik aus dem Raum.

Der Mann deutete auf jemanden. „Nimm das Seil und binde deinen Freund dort fest. Ihr habt einen schweren Fehler begangen, als ihr versucht habt, das Kartell für eure Zwecke zu benutzen."

Lisa fand den Weg zu Qaiyaans Quartier und spähte um den Türrahmen. Die Kombüse war zwei

Türen weiter, nur etwa fünfzehn Schritte entfernt, aber ihre Beine fühlten sich wie Wackelpudding an. Sie hielt den Atem an und gab alles, um ihre Naniten unter Kontrolle zu halten.

„Das muss ein Missverständnis sein", sagte Qaiyaan. „Ich will mit Nupnup sprechen."

„Oh, keine Bange, du wirst schon bald mit Nupnup sprechen. Dann kannst du ihm erklären, wie du Geld von einer Zelle benutzen wolltest, die Syndicorp vor sechs Monaten aus dem Betrieb genommen hat."

Lisas Herz rutschte ihr in die Hose. Natürlich hatten sie Zelle Drei verworfen. Diese Zelle war für Doug und sie der Einstiegspunkt gewesen, als sie sich bei Syndicorp verpflichtet hatten. Wie hatte sie nur so dumm sein können? Die Codewörter waren nicht geändert worden, weil sie veraltet waren. Jetzt schwebte Qaiyaan wegen ihres Fehlers in Gefahr.

„Aus dem Betrieb genommen? Wie konnte das passieren?", fragte Qaiyaan. „Wir haben lange in Deckung gehen müssen."

Gute Erklärung, dachte Lisa bei sich, rutschte aus dem Raum und schlich zu dem Fremden. *Beschäftige ihn, lenke ihn weiter ab.*

Lisa?

Qaiyaans Stimme in ihrem Kopf schickte sie

auf die Knie. Die Schere klapperte über den Metallboden. Sterne blitzten vor ihren Augen auf und sie kämpfte darum, bei Bewusstsein zu bleiben. Sie befahl den wenigen Naniten, die sie kontrollierte, ihre fehlzündenden Synapsen zu unterdrücken. Sie war sich kaum des Geräusches eines Kampfes bewusst, dem dumpfen Ton einer Pulspistole, den Schreien und der Kraftausdrücke. Sie musste ihnen helfen, aber ihre Kontrolle über ihren Körper war träge, als ob die Naniten gerade versuchten, ihre motorischen Fähigkeiten zu übernehmen.

Stiefel hämmerten in der Nähe über den Boden, und Hände legten sich auf ihre Wangen. Sie blinzelte in Qaiyaans blaue Augen.

„Lisa! Ellam Cua sei Dank, du lebst!", hauchte er.

Ihre Naniten schwärmten auf seine Berührung zu, als ob sie sich nach dem Kontakt seiner Bronzehaut sehnten. Aber das bedeutete auch, dass die wenigen, die sie kontrollierte, ihre Synapsen nicht länger in Schach halten konnten. Sie riss sich aus seiner Berührung und nahm einen schmerzhaften Atemzug. „Wir müssen den Planeten verlassen. Sofort."

„Ich bin ja sowas von dafür, aus diesem

Höllenloch zu verschwinden." Noatak drückte ein Knie fest auf den Rücken des Kartellmitglieds und hielt den Kerl auf den Boden gepresst. Wellen des Zorns gingen von beiden Männern aus, und die Emotion krachte gegen ihre von Naniten zertrümmerten Synapsen, sodass sie die Kraft in ihren Armen verlor und auf den Boden knallte.

Der Fremde wehrte sich und plötzlich landete sein Blick auf Lisa. „Lisa Moss?" Seine Augen verengten sich. „Der Syndicorp-Spion. Gedan Jaru wird viel Geld für den Beweis bezahlen, dass du am Leben bist."

Eines seiner braunen Augen wurde milchig weiß und dann wieder dunkel. *Scheiße.* Eine kybernetische Kamera. Hatte er auch eine Übertragungseinheit? Ohne ihre Naniten zu benutzen, konnte sie das nicht beurteilen, aber sie war sich nicht sicher, ob sie ihre Synapsen lange genug verwenden konnte, um es herauszufinden. Die kleinen Computer drehten durch, als würden sie jede Emotion in der Nähe aufgreifen. Der Tumult in ihrem Kopf erschwerte ihr das Denken. „Er hat eine Kamera im linken Auge."

Qaiyaan packte den Fremden an den Haaren. „Holt mir ein Messer."

„Was hast du vor?", fragte Mek.

„Seine Kamera entfernen.“

„Er hat die Information wahrscheinlich eh schon geschickt.“ Mek streckte warnend seine Hand aus. „Die Kamera zu entfernen, wird in dem Fall nichts nützen.“

„Danach würde es mir besser gehen“, knurrte Qaiyaan. Der Beschützerinstinkt, der von dem großen Captain ausging, hätte sexy sein können, wenn Lisa nicht so überwältigt von den Emotionen gewesen wäre, die von überall um sie herum gegen sie krachten.

Noatak riss den Arm des Fremden in einem unangenehmen Winkel nach hinten. „Er erwähnte Syndicorp-Spione. Er könnte nützliche Informationen haben.“

„*Anaq*!“, fluchte Qaiyaan und lockerte seinen Griff.

Der Fremde fletschte seine Zähne, sein Blick weiterhin auf Lisa gerichtet. „Ich habe viele Informationen. Was sind sie dir wert?“

Lisa hielt ihren Körper steif wie ein Brett und wehrte die öligen Wellen der Gier ab, die von dem Fremden ausgingen. Jedoch spürte sie auch die Unsicherheit in seinen Emotionen. Ein Zögern, das nur eines bedeuten konnte.

Der Fremde spielte auf Zeit und wartete nur

auf eine Gelegenheit, das Foto an Gedan zu senden.

Sie starrte ihn an und ihre Augen brannten, als ihr klar wurde, was das bedeutete. *Er verfügte nicht über eine Übertragungseinheit.* Sie könnte das Bild löschen.

Sie erhob sich auf wackeligen Beinen, taumelte zu ihm und kniete sich neben ihn. „Ich werde mich in seine Kamera hacken und das Bild löschen."

Noatak packte ihre Handgelenke und stoppte sie, bevor sie Kontakt aufnahm. „Damit du löschen kannst, was er über dich weiß? Nein, ganz sicher nicht."

Sie funkelte ihn an und riss sich frei. „Ich kann sein Gehirn nicht umprogrammieren, nur seine Kamera."

„Wie können wir uns da sicher sein?"

Lisa ballte ihre Hände zu Fäusten, spürte, wie sich ihre Nägel in ihre Handflächen bohrten, und nutzte den Schmerz, um den Fokus nicht zu verlieren. „Könnt ihr nicht. Wenn es sich jedoch herumspricht, dass ich am Leben bin, wird jeder Kartellkontakt in der Galaxie hinter uns her sein."

Ohne Noataks festen Griff stützte sich der Fremde auf seine Ellbogen, drehte den Kopf und schaute über seine Schulter. „Ich habe einen

Vorschlag: Wie wäre es, wenn wir das Geld aufteilen? Sie ist hübsch. Wir können uns mit ihr … vergnügen und sie dann ausliefern."

Im nächsten Augenblick riss Qaiyaan ihn von Noatak weg und schlug ihm mit der Faust in seine Visage. Mit einem befriedigenden Knirschen schaukelte der Fremde nach hinten, kollidierte mit der Wand und rutschte benommen daran zu Boden. Qaiyaan ragte wie eine Säule des Zorns über ihm. „Ich rate dir, die Fresse zu halten!"

Noatak verzog das Gesicht und zeigte auf Lisa. „Wenn das Kartell sie so verzweifelt will, sollten wir sie einfach übergeben. Ein wenig Geld aus der Sache herauszuschlagen, klingt besser, als die Liste mit unseren Feinden zu erweitern."

„Willst du auch meine Faust in deinem Gesicht, Noatak?" Mit geballten Muskeln und Händen trat Qaiyaan auf seinen Ersten Offizier zu.

Dummerweise wusste Lisa, dass Noatak nicht ganz Unrecht hatte. Das Kartell würde nie aufhören, sie zu jagen. Jeder, der mit ihr in Verbindung stand, war des Todes. Qaiyaan hatte Besseres verdient. Die Crew der Hardship hatte Besseres verdient. Sie holte tief Luft und sagte: „Wenn das Kartell herausfindet, dass du mir geholfen hast, wirst du nie wieder in Sicherheit sein. Das kann ich nicht zulassen. Lass mich zurück."

Qaiyaan zog die Augenbrauen zusammen und ballte seine Hände an seinen Seiten. „Wir lassen unsere Besatzungsmitglieder nicht im Stich."

Tovik deutete mit seiner Pulspistole den Flur hinunter. „Wir können dich nicht zurücklassen. Sie werden dich sicher finden."

„Ich habe den Großteil meines Lebens auf der Whylon-Station verbracht, wo ich vor den Anhängern des Kartells stets auf der Hut sein musste." Sie wies mit dem Kinn auf den Fremden. „Zerstöre die Kamera. Und wenn du damit fertig bist, ihn zu befragen, ist es wahrscheinlich am besten, dass er stirbt." Sie hasste es, wie das Kartell zu denken, aber sie sah keinen anderen Weg.

Sie erhob sich und dachte an mögliche Kontakte, die ihr auf Bolisare geblieben waren. Sie würde bei Null anfangen müssen – als Taschendieb und auf der Straße, so wie sie es auf der Whylon-Station getan hatte. Nur hatte sie damals nicht vor dem Kartell wegrennen müssen. Außerdem hatte sie Doug an ihrer Seite gehabt. Wie sollte sie ihn ohne Hilfe finden? Ihr Sichtfeld verschwamm, und so konzentrierte sie sich darauf, die Mauern ihrer Naniten zu verstärken. Sie musste lange genug auf den Beinen bleiben, um das Schiff zu verlassen und einen Ort auszumachen, an dem sie sich verstecken konnte. Anschließend würde sie darüber nachdenken, wie sie Doug finden sollte.

Als könnte er ihre Gedanken lesen, sagte Qaiyaan: „Ich habe versprochen, deinen Bruder zu finden.“

Sie schluckte schwer und machte einen Schritt auf den Frachtraum zu. „Du hast mich schon einmal gerettet. Dafür danke ich dir. Aber ich brauche deine Hilfe nicht länger.“

Qaiyaan verschränkte seine Arme und nahm eine dominante Haltung an, mit der er den Korridor blockierte. „Ich lasse dich nicht gehen.“

Bei den vielen Emotionen fühlte sie sich auf den Zwei-G-Planeten zurückversetzt. Von Qaiyaan schwappten Wellen seines Beschützerinstinkts auf sie zu, welche die Besorgnis von Tovik und Mek unter sich begruben und sogar die ölige Geldgier des Fremden absorbierten. Nur Noataks Misstrauen, das die Luft um sie herum wie ein Gewitter erfüllte, schlug mit der gleichen Kraft auf sie ein.

Lisa blickte den Ersten Offizier finster an. „Ich gehe ja schon, Noatak. Du kannst also damit aufhören, mich mit deinen Zweifeln zu bombardieren.

Es fehlt sowieso nicht mehr viel und mein Gehirn wird wegen Qaiyaans Gefühlen explodieren."

Mit einmal war der emotionale Druck verschwunden. Eine unglaubliche Erleichterung nahm von Lisa Besitz, die sie fast zum Weinen gebracht hätte.

Noatak stellte sich ihr mit einem ausdruckslosen Gesicht gegenüber. „Du kannst meine Gefühle wahrnehmen?"

Lisa nickte.

„Und meine?", fragte Tovik.

Sie lächelte schwach. „Ich denke, ich könnte deine auch ohne meine Naniten fühlen."

„Versuche, mit ihr zu kommunizieren, Qaiyaan!", drängte der junge Mann.

Lisa schloss die Augen vor dem erneuten Druck, der von Toviks Aufregung ausging. „Tovik, kannst du dich bitte etwas beherrschen?"

„Tut mir leid." Die glühende Emotion ließ nach.

Noatak verzog angeekelt seine Oberlippe, aber Lisa spürte auch die Hoffnung in ihm aufflackern. „Wie kann ein Mensch uns wahrnehmen? Sie hat nur ein Herz."

Unsicherheit hing wie eine Wolke über

Qaiyaan. „Ich dachte, ich hätte sie vorhin in meinem Kopf sprechen hören."

Lisa begegnete seinem Blick und ihr Herzschlag setzte einen Moment aus, als sie sich an die Berührung seines Verstandes erinnerte. „Du hast mich gehört? Ich dachte, ich hätte dich auch gehört. Das ist der Grund, warum ich im Korridor gestolpert bin."

Mek kratzte sich an seinem stoppeligen Kiefer. „Die Naniten könnten ohne die Hilfe eines sekundären Herzens einen synaptischen Fluss erzeugen. Ich würde gerne ein paar Medikamente ausprobieren und sehen, ob sich Lisa stabilisiert."

„Falls du es vergessen hast: Das Kartell wird jeden Moment hier sein." Noatak presste sein Knie fest auf die linke Niere des Fremden und fesselte die Hände des Mannes hinter seinem Rücken. „Wir haben keine Zeit für wissenschaftliche Experimente."

Wieder in der Gegenwart angekommen, betrachtete Lisa den Fremden und leckte sich über ihre trockenen Lippen. „Ich denke immer noch, dass ihr ohne mich sicherer wärt."

„Wenn du denkst, dass wir dich jetzt gehen lassen, bist du verrückt." Tovik grinste sie an. „Was ich nicht für eine Frau geben würde, mit der ich mich verbinden kann."

„Tovik, sei ruhig." Qaiyaan wandte sich seufzend an Lisa. Seine strahlend blauen Augen suchten ihre. „Bitte erlaube Mek, diese Tests durchzuführen. Er ist vielleicht der einzige Arzt in der Galaxie, der weiß, wie er dir helfen kann. Und uns."

Sie schwankte von der greifbaren Macht, die von seinem starken Körper ausging. Sie wollte akzeptieren. Sie wollte bleiben und ihn für sich beanspruchen. Wenn das Kartell sie aber in ihre Gewalt bekam, würde sich alles wiederholen, was sie mit Seloh erlebt hatte. Sie könnte es nicht ertragen, zu sehen, wie Qaiyaan zu Tode gefoltert wurde.

Qaiyaan trat näher und senkte seinen Kopf, bis sein Atem ihre Haut streifte. „Du musst bei mir bleiben. Bitte?"

Sie hob ihre Augen zu seinen und biss sich auf die Unterlippe. Wenn sich jemand gegen das Kartell behaupten könnte, dann Qaiyaan. Und sie brauchte ihn. Nicht nur, um Doug zu finden oder ihre Naniten zu reparieren. Sie brauchte seine Stärke. Sie brauchte seine Präsenz an ihrer Seite. Also atmete sie tief ein und nickte. „Okay."

KAPITEL ZWÖLF

Ohne die Augen von ihr zu nehmen, beobachtete Qaiyaan, wie Lisa zur Krankenstation aufbrach. Als sie um die Ecke verschwand, richtete er seine Aufmerksamkeit wieder auf den Fremden. „Es wäre wirklich praktisch, jetzt ein Schiffsgefängnis zu haben, oder?“

„Wir sollten ihn einfach während des Starts hinten rauswerfen.“ Noatak zog das Seil fest, das die Handgelenke des Mannes hinter seinem Rücken hielt. „Wer weiß schon, welche anderen kybernetischen Spielereien er noch gegen uns verwenden wird.“

„Wir könnten ihn in den Kryo-Pod stecken“, schlug Tovik vor.

„Keine schlechte Idee." Qaiyaan packte den Mann am Kragen und hob ihn auf die Füße.

Der Mann wehrte sich gegen Qaiyaans Griff und presste heraus: „Du hast gerade gesagt, dass der Kryo-Pod nicht funktioniert!"

„Wäre es dir lieber, wenn wir dich aus dem Schiff werfen?" Qaiyaan zog ihn bereits zum Frachtraum. „Noatak, bring uns hoch. Tovik, du kommst mit mir."

Nachdem Qaiyaan den um sich tretenden und fluchenden Mann in die Kapsel gestopft und den Deckel zugeschlagen hatte, beobachtete er, wie Tovik mit den Bedienelementen spielte. Die gedämpften Schreie des Mannes waren durch den dicken Deckel der Kapsel zu hören und sein Atem trübte das kleine Fenster. Das Licht im Inneren wechselte von Orange zu Rot und wieder zurück. Qaiyaan fragte: „Bist du sicher, dass du Mek nicht brauchst?"

„Ich kenne die Grundlagen." Das Licht blieb auf Orange und blitzte dann grün auf. Tovik stand auf und rieb zufrieden die Hände aneinander. „Was habe ich dir gesagt?"

„Okay." Ein Schwall zusätzlicher Schwerkraft ließ das Deck beben. Das Raumschiff hob ab. So viel dazu, die äußere Hülle der Hardship zu reparieren, bevor sie eine weitere Brennsequenz einleiteten. Ellam Cua, lass das Schiff den Start überstehen. Er und seine Männer konnten der Leere standhalten, wenn eine Naht platzte, aber er musste ein neues Besatzungsmitglied in Betracht ziehen. Was sollten sie mit ihr machen, sobald es Zeit für die Verbrennung war? Sie hatten immer noch nicht die Empfindlichkeit ihrer Naniten gegenüber der Verbrennung gelöst.

Tovik ging zum Maschinenraum, während Qaiyaan die Treppe zum Kontrollraum nahm. Er erreichte den kleinen Bereich rechtzeitig, um zu sehen, wie die blassblaue Atmosphäre außerhalb des Bildschirms in Violett und dann in Schwarz überging. Mek stand gebeugt neben Noatak, der sich vom Navigatorsitz über das Armaturenbrett lehnte. Lisa saß angeschnallt auf dem Stuhl des Captains und drückte die Augen zu. Jemand hatte ihr ein locker sitzendes Oberteil gegeben, das sie nun über ihrem Kleid trug. Dennoch wurde er mit dem Anblick eines sexy Beines belohnt, das sich aus dem Schlitz des Kleidungsstückes stahl.

Noataks Finger flogen über die Kommandofläche, um den entgegenkommenden

Verkehr auszuweichen. „Die Flugsicherung ist gerade nicht glücklich mit uns."

Qaiyaan konnte die Bildschirme von seiner Position an der Tür nicht ablesen, und es befanden sich bereits zu viele Körper in dem beengten Raum. „Wie lange dauert es, bis wir den Puffer räumen?"

„Sechzehn oder siebzehn Minuten, vorausgesetzt, ich kann jedem Kartellmitglied im Umkreis entkommen." Noatak tippte eine Einstellung in seine Steuerung, als ein garan'ukisches Vergnügungsschiff am Bildschirm vorbeiflog. „Hast du ein Reiseziel im Sinn?"

„Jeder Ort außer hier."

„Wenn wir meinen Bruder finden", kam Lisas Stimme, die über die Maschinen kaum zu hören war, „kann er meine Naniten umprogrammieren."

Qaiyaan legte eine Hand auf den Türrahmen und hielt sich fest, während das Schiff unter Noataks Anleitung schaukelte. „Lass uns eine Sache nach der anderen angehen, okay? Zuerst müssen wir von hier verschwinden."

Das Deck bebte, und Noatak nahm eine weitere Anpassung an seiner Steuerung vor. „Wir werden verfolgt."

„*Anaq*", fluchte Qaiyaan. Jetzt schon? Er verengte die Augen beim Blick auf den Bildschirm und konnte unter den verstreuten Kurieren und Frachtschiffen, die kamen und gingen, Freund von Feind nicht unterscheiden. Aber Noatak hatte dies oft genug getan und Qaiyaan vertraute auf sein Urteil. „Können wir nach der Atmosphäre direkt in die Brennsequenz wechseln?"

„Lisa kann die Belastung der Verbrennung nicht ohne Hilfe ertragen", sagte Mek.

Qaiyaan warf ihm einen Blick zu. „Dessen bin ich mir bewusst. Wir müssen sie stabilisieren, so wie wir es beim letzten Mal getan haben."

Mek antwortete: „Du kannst nicht –"

„Belehre mich nicht über die übermäßige Benutzung von Erholungsstimulanzien", unterbrach Qaiyaan, der die Drogenabhängigkeit von Noatak nie vergessen würde. Im Allgemeinen sprachen sie das Thema in seiner Nähe nicht an. „Wir haben keine Zeit zu streiten. Wir schaffen das. Das müssen wir."

„*Wir* ja." Mek deutete zwischen sich und Tovik. „*Du* nicht. Du schickst sie ins Koma, wenn du sie berührst."

Luft weigerte sich plötzlich, in Qaiyaans Lungen einzudringen. Wie hatte er das nur vergessen können? *Weil du nicht willst, dass es wahr ist.* Er begegnete Lisas Blick. Ihre Augen hatten den gleichen glasigen Ausdruck, den seine Schwester nach den Stunden zur Unterdrückung ihrer Empathie gezeigt hatte. „Könnt ihr beide sie stabilisieren?"

Mek sah zu Tovik und schüttelte den Kopf. „Nicht allein."

Qaiyaan schluckte und wandte sich an Noatak, der weiterhin hartnäckig auf das Bedienfeld starrte. Sein Freund war lange vor der Zerstörung des Planeten bei ihm gewesen und stand Qaiyaan so nahe wie ein Bruder. Sie hatten zusammen in derselben Task Force gedient. Sie hatten gemeinsam um den Verlust ihrer Welt getrauert. Und Qaiyaan war stets an Noataks Seite geblieben, als dieser alles gegeben hatte, um seine Stimsucht zu überwinden. Aber er musste Lisa helfen. *Sie* alle mussten Lisa helfen. Sie hielt den Schlüssel zu ihrer Zukunft in der Hand, einschließlich Noataks.

Bevor Qaiyaan überhaupt die Frage formulieren konnte, wirbelte Noatak in seinem Sitz herum. „Geh ans Ruder. Und halte Bildschirm Sechs für die Verfolger im Auge."

„*Iluq*, bist du sicher?" Qaiyaan hatte schon öfter in seinem Leben Schuldgefühle gehabt, aber dieser Moment übertraf alles.

Noataks Stimme blieb ruhig und gelassen: „Wir lassen kein Mitglied der Crew zurück."

Qaiyaan wurde bei den Worten seines Ersten Offiziers warm ums Herz. Er sah ein letztes Mal zu Lisa, bevor er sich auf den Navi-Sitz setzte. Er war nicht annähernd so ein guter Pilot wie Noatak, aber er würde seine Crew hier rausholen.

Von der Tür aus sagte Mek: „Melde dich, wenn du bereit bist, zu brennen."

„Gebt auf sie acht", antwortete Qaiyaan. Mek und Lisa waren jedoch schon zu weit weg und er fühlte ihre Abwesenheit als Leere in seinem Herzen.

———

Qaiyaan steuerte die Hardship nach rechts, als er sich aus der Atmosphäre Bolisares löste. Sie waren während ihrer Flucht von mindestens einem Laserstrahl getroffen worden, was zu den zahlreichen Narben des Rumpfes beitrug, aber sie hatten die Verfolger abhängen können, indem er sich in den dichten Verkehrsstrom vor der Station einreihte. Glücklicherweise schien das Kartell kein Schiff im Orbit zu haben, das sich an ihn dranhängen konnte. Qaiyaan kratzte an der Gravitation des

Planeten, während er an Geschwindigkeit zunahm. Er plante, den nahe gelegenen Mond als Katapult zu benutzen – höchst illegal in den meisten bevölkerten Sektoren. Hier jedoch befanden sie sich auf Bolisare und so galten keine von Syndicorps vorgegebenen Geschwindigkeitsbegrenzungen. Er beabsichtigte, jeden Vorteil zu nutzen, um hier so schnell wie möglich wegzukommen.

Er programmierte die Brennsequenz so, dass er auf den Milicon-Quadranten zielte, der ein Parsec von Alleigh entfernt lag. Da er sich regelmäßig mit den CEOs von Syndicorp und ihren Aktivitäten beschäftigte, war er sich ziemlich sicher, dass sich das Labor, nach dem Lisa suchte, genau in diesem Sektor befand. Während die Verbrennung an jedem Molekül seines Wesens zog, ergriff er die Armlehnen des Navi-Stuhls und starrte auf den Holo-Würfel, den Noatak auf dem Armaturenbrett stehen hatte. Er zeigte ein Bild seiner Eltern, eine ständige Erinnerung an das, was Syndicorp ihm genommen hatte. Eine ständige Erinnerung an ihre Mission als Piraten. Lisas Bruder aus den Fängen von Syndicorp zu befreien, würde auf so vielen Ebenen befriedigend sein.

Die Brennsequenz selbst dauerte nur ein paar Sekunden, aber es fühlte sich immer so an, als würden Stunden vergehen. Schließlich ordnete sich die Galaxie um sie herum wieder und Qaiyaan überprüfte seine Sensoren auf nahegelegene Schiffe. Wenn ein Raumschiff nicht sofort nach ihnen in die Brennsequenz eingetreten war, wäre eine Verfolgung nicht möglich. Er hatte nicht so lange überlebt, indem er unvorsichtig durch die Galaxie flog. Scanner zeigten nichts als leeren Raum. Gut. Er musste nach Lisa und dem Rest seiner Crew sehen. Er hob sich auf unsichere Beine, stolperte aus der Tür des Kontrollraums und die Leiter hinunter zur Krankenstation.

Lisa saß auf dem Untersuchungstisch, die Stirn gegen ihre gebeugten Knie gepresst. Qaiyaan entließ einen erleichterten Seufzer. „Ellam Cua sei Dank, es geht dir gut."

Sie stieß als Antwort ein zittriges Keuchen aus, als ob sie es nicht schaffte, mehr zu produzieren.

Er wollte sie an sich ziehen, ihren Herzschlag an seinem spüren, um sich zu versichern, dass sie lebte und es ihr gut ging. Aber sie zu berühren, würde das definitiv nicht erreichen. Schwermut setzte sich tief in ihm fest. Das Wissen, dass sein sehnsüchtigstes Verlangen für immer außerhalb seiner Reichweite bleiben könnte, war niederschmetternd. Anstatt zu ihr zu gehen, kniete er neben Tovik, der auf dem Boden gegen das Krankenbett gesunken war. Mek und Noatak waren in ähnlicher Weise um das Bett verstreut. Sie mussten für die Verbrennung alle um sie herum gestanden und sie gehalten haben und danach vor Erschöpfung zusammengebrochen sein.

Qaiyaan streckte die Hand aus und fand Toviks Puls. Am Leben, aber bewusstlos. Er überprüfte die anderen beiden, trat dann über den Körper des Arztes und öffnete den Schrank, in dem sie die Erholungsstims aufbewahrten. Er bereitete die Stim-Pistole mit einer Dosis vor und verabreichte sie Mek.

Der Körper des Arztes erstarrte, die Augenlider flogen auf und die Pupillen verengten sich zu nadelkopfgroßen Kreisen. Er setzte sich träge auf, seine Stimme belegt, aber kohärent. „Die anderen?“

„Ich wollte, dass du zuerst startklar bist.“ Qaiyaan präparierte eine zweite Dosis.

Mek nickte. „Noatak will sich von selbst erholen. Ich kümmere mich um ihn. Geh du zu Tovik.“

Ein Kloß formte sich in Qaiyaans Kehle, und er ging zu dem jungen Mann. Ähnlich wie Mek erwachte Tovik mit wilden Augen, aber er hatte auch ein Grinsen im Gesicht. „Wow.“ Er drehte sich und zog sich am Bett hoch, um nach Lisa zu sehen. „Wilde Fahrt, jedoch haben wir es geschafft."

Lisa schaute aus den Augenwinkeln auf den jungen Mann und ein kleines Lächeln zierte nun ihren Mund.

Toviks Enthusiasmus war wie immer ansteckend, aber Qaiyaans Gedanken blieben finster. Mek arrangierte einen schlaffen Noatak auf dem zweiten Krankenbett. Die Energie, die erforderlich war, um die Brennsequenz zu halten, war an sich zu ertragen. Aus irgendeinem Grund war es anstrengender, wenn man eine andere Person mit durchbringen musste. Noatak würde ohne das Stimulans Tage brauchen, um sich zu erholen.

Mit dem Blick auf den Arzt richtete Lisa das Kleid um ihre Beine und stellt die Füße auf den Boden. „Wird Noatak wieder?"

Meks Lippen blieben angespannt.

Ein Hauch von Angst breitete sich in Qaiyaans Herz aus. „Wird er?" Er suchte nach Noataks ionischer Signatur. Die zwei Herzen seines Ersten Offiziers schlugen langsam, fast unauffindbar, aber stabil. „Ellam Cua sei Dank."

Der Arzt wandte sich den Schränken zu und kramte durch den Inhalt. Seine Hände zitterten durch die Stimulanzien in seinen Venen. „Gib ihm einfach etwas Zeit."

Lisa stand auf. Ihre nackten Füße erzeugten auf dem Boden keinerlei Geräusche, als sie zu Noatak ging. Die Finger einer Hand flatterten über ihrem Mund. „Das ist alles meine Schuld. Gott, was ist, wenn er stirbt?" Sie sah zu Qaiyaan. „Du hättest ihn das nicht tun lassen dürfen."

Noataks Stimme krächzte vom Bett. „Ich bin nicht tot."

Ein Quietschen entkam Lisa, und sie beugte sich vor, um ihre Wange an Noataks zu drücken.

Tovik, der immer noch auf dem Boden saß, stieß etwas aus, was man nur als ein Kichern bezeichnen konnte, und wackelte mit den Fingern als Reaktion auf das Stimulans, das durch seinen Körper rauschte. „Noatak ist zu dickköpfig, um zu sterben."

Qaiyaan drehte sich zum Schrank und verstaute die Stim-Pistole. Er sehnte sich nach Lisas Berührung, ihrer Wange an seiner. Das Gefühl ihrer Stimme in seinem Kopf, das er heute wahrgenommen hatte, konnte nur eines bedeuten: Sie war seine Gefährtin. Ihre Resonanzen stimmten überein. Trotz der Verbindung, trotz seiner Überzeugung, dass sie die Richtige für ihn war, würde er sie nie berühren können. Niemals wäre er in der Lage, sie für sich zu beanspruchen.

Die Deckenlichter flackerten, als ob sie auf seine Gedanken reagierten, und der Schiffsrumpf stöhnte. *Anaq, was kann sonst noch schiefgehen?* Qaiyaan drehte sich und trat über Tovik hinweg zur Tür. „Ich sollte unsere Systeme überprüfen. Wer weiß schon, was der Kerl im Kryo-Pod mit dem Schiff angestellt hat, bevor er entschied, mit seiner Pistole auf uns zu zielen."

Noatak schob Lisa von sich und versuchte, sich aufzusetzen. „Ich helfe."

Mek legte eine Hand flach auf die Brust des Mannes. „Versuche, dich nicht zu bewegen. Ich muss dein sekundäres Herz prüfen."

„Was ist mit seinem Herzen?" Qaiyaan hielt auf halbem Weg durch den Raum inne.

Der Arzt und Noatak tauschten Blicke aus. „Es ist nichts, Captain", sagte Noatak. „Lass den Doc einfach seine Arbeit machen. Du konzentrierst dich darauf, diesen geheimnisvollen Bruder zu finden, der Lisas Naniten reparieren kann. Ich kann sie nicht jedes Mal ruhig halten, wenn wir den Brennantrieb aktivieren."

Lisa strich ein letztes Mal mit den Fingerspitzen über Noataks Stirn. „Nochmals vielen Dank."

Er runzelte die Stirn und rollte mit den Augen. Näher kam sie bei Noatak wohl nicht an ein *Gern geschehen* heran.

Noatak grunzte, ignorierte die Anweisungen des Arztes und setzte sich auf. Seine Bronzehaut schien ungewöhnlich dunkel, ihr Satinglanz von einem trüben Grün geprägt. „Ich kann anfangen, nach diesem geheimen Labor zu suchen. Wo sind wir, Captain?"

„Milicon-Sektor. Captain Kashatok regelt seit der Termination unseres Planeten die Schifffahrtswege in diesem Bereich. Er könnte etwas wissen."

Mek senkte seinen Scanner und starrte Qaiyaan an. „Du willst diesem stets angetrunkenen Denaidaner dein Vertrauen schenken?"

„Er kennt den Sektor", beharrte Qaiyaan trotz des unguten Gefühls in seinem Magen. Unter den Denaida-Piraten war Kashatok der Captain einer der schäbigeren Crews, aber er war auch das einzige tatsächliche Kartellmitglied unter der Flotte und eine Quelle wertvoller Informationen.

„Ich kann mich ins Darknet hacken", sagte Lisa. „Bestimmt habe ich noch Kontakte, die —"

„Nein", stimmten Noatak und Mek im Chor ein.

Tovik hievte sich wie eine nerelianische Eisschnecke auf die Matratze. „Du kannst auf das Darknet zugreifen?" Seine Worte kamen lallend heraus. „Kannst du den Schaltplan für einen pynergischen Quarkkonverter dort aufspüren?"

„Wir haben dringendere Probleme zu lösen, Tovik." Qaiyaan versuchte, ihn genervt anzufunkeln, aber die Sorge um seinen Ingenieur lastete schwer auf seinen Schultern. Zwei so nahe beieinander liegende Stim-Dosen können gravierende Schäden verursachen.

Mek seufzte und näherte sich mit seinem Scanner. „Ich sollte ihn besser ruhig stellen. Halt still, Tovik."

Qaiyaan wandte sich an Lisa. „Das Darknet ist zu gefährlich. Wir müssen davon ausgehen, dass deine Kontakte kompromittiert wurden." Die Lichter schalteten sich aus, flackerten wieder an, bevor unter ihnen eine Vibration zu spüren war.

„Ich sollte den Rumpf überprüfen." Noatak versuchte, aufzustehen, landete jedoch erneut auf dem Krankenbett.

Mek lehnte sich schwerfällig an Toviks Bett und sagte: „Ich habe dir doch gesagt, dass du liegen bleiben sollst."

„Du solltest dich auch ausruhen." Lisa schob den Stuhl vom nahegelegenen Computer zu ihm.

„Die Arbeit eines Arztes ist nie getan." Trotz seiner Einwände ließ sich Mek auf den Stuhl fallen und beugte sich vor, um seinen Kopf auf der Matratze neben Tovik abzustützen.

Qaiyaan holte tief Luft. Mek hatte mit Tovik und Noatak alle Hände voll zu tun. Dennoch musste der Rumpf überprüft werden, was bedeutete, dass jemand nach draußen gehen musste. Es bedurfte einer dringenden Diagnose, um sicherzustellen, dass das Lebenserhaltungssystem nicht kurzschloss. Zudem hatte er einen Gefangenen im Frachtraum, um den sie sich kümmern mussten. Alles ruhte auf Qaiyaans Schultern.

„Du hast jetzt ein zusätzliches Besatzungsmitglied." Lisa näherte sich und hielt eine Armlänge vor ihm an. Obwohl sie über ihrem figurbetonten, goldenen Kleid ein lockeres Oberteil trug und ihre dunklen Haare zerwühlt waren, hatte sie seiner Meinung nach nie sexier ausgesehen.

„Weißt du, wie man eine Schiffsdiagnose durchführt?"

Sie hob eine Augenbraue und tippte gegen ihre

Schläfe. „Ich bin mir ziemlich sicher, dass wir es herausfinden können."

Mek setzte sich schwankend auf. „Der synaptische Equalizer, den ich ihr gegeben habe, könnte unerwartet abklingen. Sie sollte es vermeiden, ihre Naniten zu benutzen. Lass mich es tun."

Lisa verschränkte die Arme. „Ich kann Auto-Checks durchführen, ohne meine Naniten zu verwenden. Du musst hier bleiben." Sie ging zur Tür, bevor jemand etwas sagen konnte. „Außerdem kenne ich Computersysteme viel besser, als ich außerirdische Physiologie verstehe."

Qaiyaan konnte es sich nicht verwehren, ihren perfekten Arsch anzustarren, bis sie um die Ecke verschwand. Wenn er den Rest seines Lebens damit verbringen könnte, würde er nach einem Weg suchen, sie bei sich zu haben, angefangen mit der Suche nach ihrem Bruder. Er schüttelte sich aus seinen lüsternen Gedanken und folgte ihr durch die Tür. „Versiegle die Tür im Kontrollraum. Ich muss das Schiff in den Leere-Modus bringen, damit ich am Rumpf arbeiten kann. Ich werde den Frachtraum versiegeln, aber es würde mich beruhigen, wenn du auch hier die Tür dicht machst. Ich sage dir Bescheid, sobald es wieder sicher ist.“

„Sei vorsichtig, okay? Ich bin nicht talentiert genug, um dich in einem Raumschiff zu verfolgen, wenn du mir im Weltraum davonschwebst.“

Er gluckste und griff in der Absicht nach ihr, ihr einen Kuss zu geben, stoppte sich aber. Sie tauschten betretene Blicke aus und gingen getrennte Wege.

KAPITEL DREIZEHN

Lisa versiegelte die Tür zum Kontrollraum, setzte sich auf den Stuhl des Kapitäns und rief die Schiffsdiagnose auf. Die Injektion, die Mek ihr kurz vor der Verbrennung verabreicht hatte, linderte das Chaos in ihrem Kopf. Sie wusste, dass die Naniten immer noch Krieg führten, aber ihre Synapsen reagierten nicht mehr auf die Angriffe. Der Arzt hatte erklärt, wie alles funktionierte. Irgendetwas in die Richtung davon, dass menschliche Synapsen promiskuitiv seien und sich demnach auf neue Weise zusammenfanden? Das ging über ihr Verständnis hinaus, also hatte sie nur genickt. Trotz seiner Warnung, dass der Zustand nur vorübergehend sei, war sie dankbar.

Auf dem Armaturenbrett schob sie einen Holo-Würfel zur Seite, der das 3D-Bild eines viel jüngeren Noatak zeigte, der ein unschuldiges Lächeln trug und neben einem Mann und einer Frau saß. Seine Eltern? Sie würde sich später genauer damit beschäftigen. Im Moment musste sie hinter das System dieses Schiffes kommen. Das Bedienfeld leuchtete bei ihrer Berührung mit mehreren Datensegmenten auf. Während ihrer Zeit im Syndicorp-Labor hatte sie das Hacken von Schiffssystemen geübt, aber es war für sie nie intuitiv abgelaufen. Sie konnte grundlegende Sequenzen ohne die Hilfe ihrer Naniten erkennen, also suchte sie nach dem Code, der die Lebenserhaltung steuerte.

Die Benutzeroberfläche jedes Schiffes war etwas anders, und nachdem sie die Auto-Diagnose der Lebenserhaltung eingestellt hatte, entdeckte sie, dass das Schiff über ein internes Kamerasystem verfügte. Nach ein paar Minuten aktivierte sie erfolgreich die Kamera im Frachtraum. Ein Bild war gerade rechtzeitig auf dem Screen zu sehen, um zu zeigen, wie Qaiyaan die Klappe nach draußen öffnete. Auch fiel ihr der leichte Schimmer um seinen Körper auf. Er hatte erklärt, dass er das Vakuum des Weltraums für zehn oder zwanzig

Minuten aushalten konnte – sogar länger, wenn man übermäßige körperliche Aktivität vermied. Sie biss sich auf die Unterlippe und betete, dass er nicht weggesaugt wurde. Aber seine Füße blieben auf dem Boden, während sein langes Haar und sein Bart in der entweichenden Luft nach vorn gerissen wurden.

Als spürte er, dass sie ihn beobachtete, schaute er über seine Schulter in die Kamera und nickte einmal. Sein Cochlea-Implantat würde es ihr ermöglichen, durch die Lautsprecher mit ihm zu sprechen, antworten konnte er im Vakuum jedoch nicht. Sein peitschendes Haar beruhigte sich zu einem wogenden Heiligenschein im selben Moment, als ihr der Magen in die Hose rutschte, da die Schwerkraft verschwand. *Heilige Scheiße.* Er hatte nicht erwähnt, dass sie die Schwerkraft verlieren würden. Ihr Hintern schwebte vom Kapitänstuhl und sie hob die Hand, um nicht mit dem Kopf gegen die Decke zu stoßen.

Zum Glück war der Kontrollraum klein und sie griff nach den Sicherheitsgurten am Stuhl. Das Schiff bebte, während sich die großen Buchttüren nun gänzlich öffneten. Qaiyaan ging ein paar langsame Schritte die Rampe hinunter. Seine breiten Schultern bewegten sich durch die samtschwarze Dunkelheit des Weltraumes vor ihm. Als ob er einen vollen Raumanzug trug, lief er um die Ecke und verschwand aus ihrem Blickfeld.

Sie überprüfte erneut die laufende Diagnose. Mehrere blinkende rote Linien deuteten auf Probleme hin, aber sie waren bereits irgendwann von der Crew markiert und offensichtlich auf später verschoben worden. Sie suchte nach etwas Neuem. Eines der Bedienfelder piepte und sie scannte die Oberfläche des Armaturenbretts nach der Quelle. Der Umgebungssensor. Wahrscheinlich, weil Qaiyaan auf dem Schiff herumspazierte. Sie kehrte zur Diagnose zurück. Das Schiff bebte und schaukelte sie in ihrem Gurt durch. Stirnrunzelnd schaute sie wieder auf die Laderaumkamera und schnappte nach Luft. Ein mattschwarzes Kurierschiff des Kartells stand in der Bucht.

„Qaiyaan!" Sie näherte sich verzweifelt dem Kommunikationssystem. „Da ist ein Kartellschiff in unserem Frachtraum!" Woher war es so plötzlich gekommen? Hatten sie ihn gesehen?

Die kleinen schwarzen Schiffstüren öffneten sich und offenbarten zwei Rakwiji in Vakuumhelmen und mit militärischen Pulspistolen. Ihre harte, schuppige Schale ermöglichte es ihren Körpern, dem Vakuum auch ohne Anzüge standzuhalten.

Galle stieg in ihrer Kehle auf. „Zwei Rakwiji mit Pistolen."

Sie wusste nicht einmal, ob Qaiyaan sie hören konnte. Was, wenn er sie nicht an Bord hatte fliegen sehen, und somit in eine Falle trat? Sie musste etwas tun. Sie schaute sich nach einem Vakuumanzug um, fand jedoch keinen.

Qaiyaans Stimme füllte ihren Kopf, als stünde er direkt neben ihr: *Bleib, wo du bist. Ich bin auf dem Weg.*

Ihr Atem stockte bei dem Gefühl, ihn in ihrem Verstand zu hören. Ihre Naniten schossen benebelte Funken über ihr Sichtfeld. Ließ Meks Injektion nach?

Langsam polterte einer der Kopfgeldjäger in magnetischen Gravitationsstiefeln zu dem Bedienfeld für die Buchttüren. Er trug eine Glasscheibe von der Größe eines Fußabdrucks. Am Bedienfeld schlug er die Scheibe auf die Tastatur.

Die Türen schlossen sich.

Ihr Sichtfeld weitete sich und schrumpfte im Einklang zu ihrem donnernden Herzschlag. Sie drückte erneut den Knopf für die Lautsprecher. „Beeil dich, Qaiyaan! Die Klappe!"

Sie flog mit den Fingern über die Steuerung und versuchte, alles rückgängig zu machen, was die

Eindringlinge angerichtet hatten. Fehlermeldungen blinkten auf jedem Bildschirm auf. ZUGRIFF VERWEIGERT. Sie hatten eine Art Sperre aktiviert, wahrscheinlich mithilfe dieser großen Scheibe. Die Türen schlossen sich lautstark, und das ganze Deck bebte. Das Entsetzen legte sich als Felsen in ihren Magen. Wie lange könnte Qaiyaan da draußen überleben? „Ich kann sie nicht außer Kraft setzen!"

Warne die anderen. Seine Stimme war erneut in ihrem Kopf zu hören.

Sie drückte die Komm zur Krankenstation. „Mek, Noatak, Tovik, wacht auf!"

Keine Antwort.

Sie zog einen zweiten Bildschirm mit Blick auf die Krankenstation hoch. Alle drei Männer schliefen und sie waren an die Krankenbetten geschnallt, um sie ohne Schwerkraft an Ort und Stelle zu halten. Sie drückte erneut den Knopf für die Lautsprecher. „Wir wurden geentert! Wacht auf!"

Die Männer bewegten sich nicht. Zu Qaiyaan sagte sie: „Ich schaffe es nicht, sie zu wecken."

Er antwortete nicht.

Sie las sich die Kommunikationsdiagnose durch. Das Kommunikationssystem übertrug nicht. Sie war ausgesperrt worden. Sie konnte weder die Besatzung noch Qaiyaan warnen. Sie war ganz allein und hatte es mit zwei Rakwiji an Bord zu tun. Ihr Herz drohte, durch ihren Brustkorb zu brechen. *Qaiyaan!*

Hör auf, in Panik zu geraten. Seine mentale Stimme war ruhig und gelassen. Versichernd.

Sie holte tief Luft und sah sich um, als ob er gleich neben ihr erscheinen würde. *Hörst du mich?*

Ja. Und jetzt sag mir, was passiert ist.

Ihre Naniten wachten langsam auf und sie hörte sie summen, Lisa gab jedoch alles, um sie zu unterdrücken. Sie war sich nicht sicher, wie sie ohne die kleinen Dinger mit Qaiyaan sprechen sollte, aber sie wusste einfach, dass sie ihnen im Moment nicht die Kontrolle überlassen durfte. *Sie haben die Schiffssysteme vollständig gesperrt; Kommunikation, Navigation, sogar die Lebenserhaltung.*

In der Nähe der Triebwerke befindet sich ein weiteres Zugangsportal. Seine Gedanken klangen angespannt. *Kannst du es für mich öffnen?*

Ich werde es versuchen. Eifrig nach einer Lösung suchend las sie sich durch Codezeilen und suchte nach einem Weg um die Blockade von den Rakwiji rückgängig zu machen. Wenn Doug nur hier wäre. Schon vor seinen Naniten wäre eine solche

Blockade nichts weiter als eine Unannehmlichkeit für ihn gewesen.

Plötzlich und unerwartet kehrte die volle Schwerkraft mit einer erschütternden Brutalität zurück, drückte sie in den Sitz und ihre Arme landeten schwer auf dem Bedienfeld. Sie sah nach den Männern in der Krankenstation, aber sie hatten sich immer noch nicht bewegt. Sie mussten erschöpfter gewesen sein, als es gewirkt hatte. Entweder das oder Mek hatte ihnen etwas gegeben, um ihnen bei der Heilung zu helfen. Sie wünschte, sie könnte einen Blick auf Qaiyaan werfen, aber sie konnte auf die anderen Kameras nicht länger zugreifen.

Sie versuchte weiterhin, sich in den technischen Teil des Schiffes zu hacken. Da sie panisch war, wollte ihr Gehirn nicht richtig mitarbeiten. Wie würde Doug diesen Code betrachten? Vielleicht könnte sie einen Weg hineinfinden, wenn sie wie er dachte.

Die Rakwiji hockten vor ihrem Schiff, unterhielten sich, ihre Helme noch immer an Ort und Stelle. Sie schienen sich ihrem Erfolg bereits jetzt sicher zu sein. Der größere zeigte auf eine nahegelegene Frachtkiste, ein scharfzahniges Grinsen war zwischen den Gesichtsplatten des

Helmes zu sehen. Als sie das vertraute, blinkende grüne Licht sah, wusste sie, dass es sich um ihren Kryo-Pod handelte.

Das kleinere Rakwiji bewegte sich auf die Kapsel zu, sein Partner dicht hinter ihm. Die beiden tauschten anzügliche Blicke aus, und dann streckte das erste Rakwiji eine nekrotische Klaue aus und zeichnete den Umriss des Gucklochs nach. Mit langsamen, fast sinnlichen Bewegungen tippte es einen Befehl in das Bedienfeld des Pods. Das zweite Rakwiji schaukelte vor und zurück und seine Schuppen flatterten vor Aufregung, als das Licht in der Kapsel rot aufleuchtete.

Der Deckel öffnete sich, und Lisa konnte sich das Zischen der entweichenden Luft vorstellen, als der Kartellmann aus dem Pod fiel. Er rollte sich auf seine Seite und schaute mit einer schrecklichen Grimasse zu seinen Rettern auf. Sein Gesicht wurde violett und seine Augen weiteten sich. Eine flehende Hand streckte sich zu ihnen aus, aber die Rakwiji traten zurück und dann sah sie wieder das Grinsen. Lisa konnte nicht wegsehen und wurde daran erinnert, wie Seloh durch die Klauen eines Rakwiji einen qualvollen Tod gefunden hatte. Ist es das, was mit Qaiyaan passieren würde, wenn er seinen Schild nicht länger aufrechthalten könnte? Oh Gott, bei dem Gedanken wurde ihr übel.

Lisa tippte auf die Felder und Knöpfe und wollte damit das interne Kommunikationssystem wieder zum Laufen bringen. Sie versuchte, wie ihr Bruder zu denken, aber ihre ungeschickten Hacking-Versuche führten nur zu weiteren Fehlermeldungen. Sie musste die Besatzung warnen, musste sie zum Aufstehen bewegen, sodass sie sich für einen Kampf vorbereiten konnten. Jedoch lagen sie alle hilflos in der Krankenstation!

Da der Mann vom Kartell nicht länger unter den Lebenden weilte, näherten sich die Rakwiji der Leiter, der Brücke und damit dem Kontrollraum.

Qaiyaan, sie haben gerade ihren eigenen Mann getötet. Die Stille war so laut, dass sie erschauerte. *Qaiyaan?*

Ich arbeite daran. Qaiyaans Frustration schlug auf sie ein. Sein Bedürfnis, zu atmen, konnte nicht maskiert werden. Ihm ging die Luft aus.

Sie stellte sich sein Gesicht vor, wie sich seine schöne Bronzehaut verdunkelte, seine Gesichtszüge entstellten. Adrenalin ließ ihre Hände zittern, als ihre Fingerspitzen mit jedem Hackerbefehl, den sie kannte, auf das Bedienfeld einschlugen.

ZUGRIFF VERWEIGERT.

Qaiyaans Stimme erreichte sie, schwach, aber

die Verbindung stand. *Lisa, ich will, dass du weißt, dass ich dich liebe.*

Jeder Muskel in ihrem Körper kribbelte. So wollte sie seine Gefühle für sie nicht hören. *Gib nicht auf!*

Sie starrte auf die Fehlermeldungen, die über ihre Bildschirme blitzten. Ihre Fähigkeiten waren nicht gut genug, nicht ohne Hilfe. Es gab nur eines, was sie jetzt tun konnte. Sie presste die Augen zu, legte ihre Hände flach auf das Bedienfeld und sammelte ihre Naniten zusammen. Qaiyaan würde sterben, wenn sie ihn nicht sofort an Bord holte. Sie musste die Blockade überschreiben, um ihm und den anderen zumindest eine Chance zu geben.

Pakete aus Cyberinformationen drohten, sie gegen die Lehne des Stuhls zu katapultieren.

Tu es nicht. Qaiyaans Stimme hielt einen Befehl inne, obwohl sie spürte, dass sein Körper aufgab. *Ich werde mir etwas einfallen lassen.*

Dafür ist keine Zeit. Sie genoss seinen letzten Gedankengang in ihrem Verstand und sandte ihm: *Ich liebe dich, Qaiyaan.*

Dann tauchte sie in das Schiffssystem ein.

———

Qaiyaan starrte auf den schwarzen Streifen entlang des Rumpfes der Hardship. Unter dem Strahl seines Scheinwerfers verwandelte sein sauerstoffarmes Gehirn den Laserschaden in ein monströses Grinsen. *Lisa?* Sie antwortete nicht mehr auf seine Gedanken. Sein Herz pochte zu schnell in seinen Ohren und verbrauchte wertvollen Sauerstoff, in einer Geschwindigkeit, die er sich nicht leisten konnte. *Anaq, Lisa, antworte mir!*

Er verzog das Gesicht bei dem Schaden und schlug mit der Faust gegen die Beschichtung, was dazu führte, dass sich sein Körper vom Raumschiff entfernte und in den weiten Weltraum driftete. Hastig klammerte er sich an eine nahegelegene Landeflosse und zog sich zurück zum Schiff. Die Aufrechterhaltung seiner ionischen Verbindung wurde immer schwieriger.

Vielleicht solltest du einfach loslassen. Wenn Lisa nicht mehr lebte, wofür sollte er sich dann noch bemühen? Seine Crew lag im Koma, den Kopfgeldjägern des Kartells ausgeliefert, die wahrscheinlich die Hardship zerkleinern werden – gleich nachdem sie die Crew zerkleinert hatten.

Nein, das war der Sauerstoffmangel. Er würde nicht aufgeben.

Er hangelte sich zwischen die Landeflossen und verharrte an der versiegelten Zugangstür, die in den Maschinenraum führte. Das Eingabefeld war dunkel und reagierte nicht. *Anaq!* Er hatte gehofft, dass Lisa Erfolg haben würde, dass irgendein Wunder ihm eine Chance aufs Überleben geben würde. Stattdessen war die Frau, die er liebte, in Gefahr. *Lisa!*

Er konnte sie in seinem Kopf nicht mehr so fühlen wie zuvor. Er schwenkte das Licht seines Scheinwerfers wieder entlang des Rumpfes, als würde die stumpfe Metalloberfläche weitere Zugangsmöglichkeiten offenbaren. Seine Lungen brannten und sehnten sich nach Sauerstoff. Das Kartellschiff musste sich nur wenige Augenblicke vor der Verbrennung in die Hardship geschlichen haben und sich während seiner ersten Scans hier in einem toten Winkel zwischen den Flossen versteckt haben. Hinterhältige Kartellbastarde.

Das im Rumpf eingebettete Kommunikationsnetzwerk wurde an einigen Stellen durch Laserfeuer unterbrochen. Tovik hatte einen externen Verstärker an das Kommunikationsfeld angeschlossen, das als unabhängiges Backup fungierte, wenn sie zu viel Schaden erlitten. Die Wahrscheinlichkeit, dass sich jemand innerhalb der Signalreichweite befand, war gering, aber zumindest wollte Qaiyaan eine Nachricht hinterlassen. Ein Vermächtnis. Die anderen Denaidaner da draußen verdienten es, zu wissen, wie nah er gekommen war, eine Gefährtin für sich zu finden. Meks medizinische Aufzeichnungen mussten etwas wert sein.

Er bewegte sich entlang des Rumpfes, erreichte die Schnittstelle für das Kommunikationssystem und musste eine Pause einlegen, um seine Atmung zu beruhigen. Die schreckliche Kälte des Weltraums sickerte durch seinen Schild und versank in seinen Knochen, was es schwierig machte, sich zu bewegen. Seine Finger waren steif, aber er schaffte es, den Anschlusskasten zu öffnen. An der Seitenwand war Toviks Verstärker befestigt. Der kleine Bildschirm erwachte bei Qaiyaans Berührung zum Leben. Er benutzte die Frequenz, über die sich die Denaida-Flotte gegenseitig über Syndicorp-Aktivitäten informierte, gab seine Schiffskoordinaten ein und kodierte dann die Nachricht:

Angriff durch das Kartell. Medizinischer Durchbruch an Bord.

Die Nachricht war so unzureichend, dass er lachte, und das Ausstoßen der Luft führte dazu, dass sein Sauerstoffschild verrutschte. Eisiges Vakuum nippte an seiner Haut, bevor er die Kontrolle wiedererlangte. *Scheiß drauf*, dachte er und tippte ein:

Wenn ihr jemals wieder Sex haben wollt, schickt Hilfe.

Das sollte die Aufmerksamkeit der Flotte erregen. Er stellte die Nachricht so ein, dass sie in einer Schleife lief. Anschließend ging er zurück zu der Tür, die in den Maschinenraum führte. Die Nachricht würde abspielen, bis der Akku des Verstärkers leer war. Vielleicht würde jemand in diesem Sektor darüber stolpern. Eines Tages. Nachdem er und Lisa schon lange tot waren.

Vor ihm hatte es den Anschein, dass das Bedienfeld der Tür leuchtete. Sein Sichtfeld verschwamm, Sterne drängten sich um die trüben Ränder seines Bewusstseins. Sein Brustkorb fühlte sich an, als würden sich Bänder um seinen Oberkörper spannen, was ihn davon abhielt, einen vollen Atemzug zu nehmen. Nicht vom Raumschiff abzulassen, erforderte jedes bisschen seiner Konzentration. Erschöpft und am ganzen Körper zitternd erreichte er die Zugangstür.

Das Bedienfeld leuchtete.

KAPITEL VIERZEHN

Lisa wappnete sich und hackte die Blockadecodes, als würde sie eine Machete schwingen. Jeder Schlag ließ sie taumeln. Immer, wenn sie sich aus der Dunkelheit zurückzog, um sich neu zu positionieren, wurde es schwieriger. Sie war noch nie so gut gewesen wie Doug. Das wäre sie auch nie, mit oder ohne die Naniten. Sie wünschte, sie könnte mit ihrem Bruder sprechen, um sicherzustellen, dass es ihm gut ging. Oder um ihm zumindest Lebewohl zu sagen. *Doug, es tut mir leid. Ich wollte dich finden.*

Kleine Schwester, bist du das? Die Worte ließen sie erstarren. Das konnte nicht sein. Oder doch?

Doug?

Lisa? Bist du es? Im Gegensatz zu Qaiyaans

nachhallenden Tönen hatte diese Stimme eine blecherne Qualität, aber ... es war Doug.

Gott sei Dank bist du am Leben! Sie prognostizierte und ihre Naniten summten wie Draht unter Spannung. *Wo bist du?*

Syndicorp hat mir gesagt, dass du tot bist. Seine Unsicherheit erinnerte sie an ihre Jahre in den Elendsvierteln, wo jeder Tag eine Frage des Überlebens darstellte.

Es ist okay, Doug. Lisa griff durch die Verbindung nach ihrem Zwillingsbruder und versuchte, sich zu erden, sie beide zu erden. Der physische Kontakt war vielleicht nicht da, aber der mentale fühlte sich genauso real an. *Syndicorp hat mich nicht getötet, allerdings ist mir das Kartell auf den Fersen. Wir werden von Kopfgeldjägern angegriffen und ich kann die Blockade auf die Systeme dieses Schiffes nicht entfernen. Meine Naniten sind nicht stark genug. Kannst du helfen, sie zu reparieren, so wie du es früher getan hast?*

Kartell? Wie haben sie dich gefunden?

Doug, wir haben keine Zeit, darauf einzugehen. Ich brauche sofort deine Hilfe!

Wir kommunizieren schneller, als du denkst. Dougs Präsenz flatterte durch ihren Kopf, als würde sie die Seiten eines Buches umblättern. *Der Verstand kann Tausende von Gigabyte pro Sekunde verarbeiten, und*

Erinnerungen sind schließlich auch nur Daten. Dein Schiff muss sich zwischen unseren Naniten wie eine Antenne verhalten. In Nanosekunden wusste er alles: Syndicorps Verrat, Meks Arbeit an ihren Synapsen, ihre neu entdeckte Telepathie und ihre wachsende Liebe zu einem bronzehäutigen Alien. Im Gegenzug nahm sie von ihrem Bruder eine Reihe von hellen Lichtern und Untersuchungstischen, hochwertige Implantate, Fluchtversuche und ein herzzerreißendes Gefühl des Verlustes wahr.

Doug, was haben sie dir angetan? Das war ihr Zwilling, die Person, mit der sie schon vor der Geburt alles geteilt hatte. Nur war er jetzt irgendwie ... anders. Nicht gut, gar nicht gut.

Bald wird dein Körper nicht mehr dein eigener sein, antwortete Doug und sie hörte, dass die Worte von einem gebrochenen Herzen kamen. *Die Naniten werden übernehmen. Du wirst mehr Maschine als Mensch sein. Sie nähern sich bereits der kritischen Systembereitstellung.*

Von dem Entsetzen lockerte sich ihr mentaler Griff an ihm. *Was willst du damit sagen?*

Du musst sie loswerden. Je schneller, umso besser. Sie verändern dich, und sobald sie ihre Kernprotokolle einsetzen, wirst du nicht mehr ohne sie leben können. Syndicorp wird dich besitzen. So wie sie mich besitzen.

Nein! Sag mir, wo du bist! Sobald wir dich gerettet haben, können wir einen Plan entwickeln, um unsere Naniten gegen Syndicorp einzusetzen.

Seine Präsenz entglitt ihrem Griff wie Nebel zwischen ihren Fingern. *Es ist zu gefährlich. Suche nicht nach mir. Bleib weit weg.*

Hör auf, so überfürsorglich zu sein. Qaiyaan und seine Crew haben versprochen, mir zu helfen. Sobald ich aufwache und diese Kopfgeldjäger losgeworden bin, kommen wir zu dir. Sie streckte sich nach ihm aus, packte ihn und diesmal weigerte sie sich, ihn loszulassen. *Hast du versucht, deine Naniten umzuprogrammieren? Ich habe es ein wenig mit meinen gemacht, und du bist besser in diesem Zeug als ich.*

Du hast zu viel Vertrauen in mich. Sein schiefes Lächeln übertrug sich durch ihre Verbindung, als würde sie direkt in sein Gesicht schauen. *Leider kann ich ihre Kernfunktion nicht umprogrammieren. Ich habe es versucht. Die Maschinen werden am Ende den biologischen Teil von dir für sich erobern. Es gibt nur eine Möglichkeit: Du musst sie loswerden.*

Der schreckliche Gedanke kühlte sie bis auf die Knochen. *Wie soll ich sie loswerden?*

Sie reagieren empfindlich auf bestimmte Ionenfrequenzen. Mit der richtigen Art von elektromagnetischem Impuls werden sie inaktiv. Sie fühlte, dass Doug ein wissendes

Grinsen aufsetzte. *Ich glaube, dein Denaida-Freund könnte dir dabei helfen.*

Wovon redest du? Lisas Adrenalin führte dazu, dass ihre Nervosität in ihre Gedanken eintrat. *Ich kann gerade nicht mal aufwachen, geschweige denn Qaiyaan finden, die Kontrolle über das Schiff wiedererlangen oder die Rakwiji an Bord ausschalten.*

Mit den Rakwiji kann ich dir nicht helfen, aber ich kann deine Naniten vorerst zurücksetzen und dir mit den Systemen beiseite stehen. Damit packte Doug ihre Naniten und verdrehte ihre Programmierung, während er gleichzeitig die Blockaden des Schiffes zu beseitigen suchte. Als sie von der angewandten Macht taumelte, spürte sie, wie seine Präsenz verschwand. *Hab dich lieb, kleine Schwester.*

———

Qaiyaan schlug auf den Schleusenknopf und wartete nicht, dass sich die Tür vollständig öffnete, sondern quetschte sich durch die Öffnung. Lisa hatte es geschafft. Das konnte nur bedeuten, dass sie am Leben war. *Lisa, du hast es geschafft! Ich bin drin!*

Keine Antwort. War sie bewusstlos? Mek hatte gesagt, es könnte böse enden, wenn sie ihre Naniten benutzte. Möglicherweise sogar tödlich. Er musste schnell zu ihr.

Innerhalb der Schleuse stand die zweite Tür angelehnt. Die Kopfgeldjäger hatten die Schwerkraft wieder aktiviert, aber nicht das Lebenserhaltungssystem, was wahrscheinlich bedeutete, dass sie Anzüge oder Helme trugen. *Dann wollen wir mal sehen, wie überrascht die beiden reagieren, wenn sie herausfinden, dass die Crew dem Vakuum standhalten kann. Na ja, die meisten meiner Crew.* Die Denaida-Fähigkeit, im Weltraum für eine Zeit überleben zu können, würde Lisa nicht helfen, kämen die Kopfgeldjäger in den Kontrollraum. Er musste die Lebenserhaltung zum Laufen bringen.

Er drückte den Knopf, um beide Türen zu schließen, und schlüpfte zwischen die glänzende Maschinerie, die Toviks Domäne füllte. Das passende Bedienfeld befand sich in der Nähe der Leiter, die zur Hauptebene führte. Wo waren die Kopfgeldjäger in diesem Moment? Es war zu viel, zu hoffen, dass sie direkt zum Maschinenraum gekommen waren. Garantiert war ihr erstes Ziel der Kontrollraum, und Lisa hatte gesagt, sie seien bewaffnet.

Er schaute sich nach einer Waffe um, nach etwas, das seine Chancen gegen bewaffnete

Eindringlinge verbessern könnte. Neben dem Brennantrieb hing Toviks unordentlicher Werkzeugschrank offen, Schraubenschlüssel und Ersatzteile lagen über dem Boden verstreut. Und inmitten des Chaos ein Hoffnungsschimmer: eine Pulspistole.

Qaiyaan schnappte sich die Waffe und steckte sie in seinen Bund. Diese Kopfgeldjäger würden es noch bereuen, an Bord seines Schiffes gekommen zu sein. Er aktivierte die Lebenserhaltung und wusste, dass das Zischen der Luft durch die Kanäle das Element der Überraschung zunichte machen würde.

Schussbereit spähte er mit dem Kopf aus der Klappe. Der Korridor war leer. Von der Krankenstation war in der dünnen Luft ein Grunzen zu hören. Er zog sich nach oben und hastete zur offenen Tür. Überall lag zerstörte medizinische Ausrüstung. Zwei Rakwiji, deren Schuppen vor Aufregung vibrierten, hielten Mek in einer Ecke gefangen. Er stand mit den Armen gegen den Schrank, sein Hemd zeigte blutige Streifen in Türkis. Tovik und Noatak lagen beide bewusstlos auf ihren Betten.

Das kleinere Rakwiji attackierte Mek erneut mit einem Messer und fügte weitere Wunden hinzu.

Mek zuckte zusammen, konnte den Attacken aber nicht entkommen. Der größere Kopfgeldjäger, der mit einer Pulspistole auf den Kopf des Arztes zielte, nahm seinen Helm ab und enthüllte einen Schuppenkamm, als er seine Schnauze zu dem zischenden Lebenserhaltungskanal hob.

„Hey!", brüllte Qaiyaan und richtete seine Pistole auf das größere der beiden Rakwiji.

Nichts geschah.

Die Rakwiji entblößten glänzende, rasiermesserscharfe Zähne und das große schwenkte seine Waffe in Richtung Qaiyaan.

Qaiyaan zog erneut den nutzlosen Abzug, warf dann die Waffe auf seine Angreifer und nutzte die Ablenkung, um im Korridor Deckung zu finden. Plasmastrahlen trafen die Korridorwand hinter ihm und sandten sichtbare Hitzewellen durch die Luft. Der kleinere Kopfgeldjäger raste auf den Fersen der Explosion mit dem Messer in der Hand um die Ecke.

Typisch Rakwiji. Es törnte sie an, mit ihrer Beute zu spielen. Qaiyaan reagierte, indem er nach vorn trat und eine ionisch angetriebene Faust in den skalierten Solarplexus seines Angreifers rammte. Der Aufprall erschöpfte seinen Körper noch mehr und drohte, ihn auf seine Knie zu zwingen. Seine

Fingerknöchel schmerzten nach dem Schlag auf den harten Brustkorb der Kreatur. Das Gute? Seine ionische Kraft schickte das Rakwiji quer über den Flur.

Die größere Kreatur platzte durch die Tür, krachte gegen Qaiyaan und landete mit ihm auf dem Boden. Der süßliche, aber schwefelhaltige Atem ließ Qaiyaans Augen tränen.

Qaiyaan hob ein Knie und benutzte erneut seine Kraft, um seinen Angreifer von sich zu schleudern. Er rollte auf die Krankenstation zu und packte die heruntergefallene Pulspistole des Kopfgeldjägers.

Das große Rakwiji griff erneut an und vergrub eine nekrotische Klaue in Qaiyaans Wade. Schmerz flammte in Qaiyaans Bein auf und er stöhnte. Er wehrte sich und knurrte seinen Angreifer an. Der Kopfgeldjäger zog seine Klaue aus Qaiyaans Fleisch und öffnete sein Maul voller Zähne in einem Knurren: „Ich werde dir diese glänzende Bronzehaut bei lebendigem Leib vom Körper schälen."

Das Gift pulsierte in einer feurigen Spur durch Qaiyaans Bein nach oben. Er hatte nur Minuten, bis es sein Herz erreichte. Er musste dieses Monster jetzt töten, bevor es ihn umbrachte und dann zu seiner Crew und Lisa weiterzog. Seine beiden Herzen hämmerten lautstark in seiner Brust, als er sich ein Skalpell zwischen den verstreuten Instrumenten schnappte. Er stach auf seinen Angreifer ein, doch das Skalpell prallte nutzlos von der schuppigen Haut des Rakwiji ab.

Das Rakwiji lachte, seine Zunge zwischen den spitzen Zähnen sichtbar. Das Monster öffnete das Maul weiter und griff mit dem Ziel an, Qaiyaan die Kehle herauszureißen.

Qaiyaan versuchte es erneut mit dem Skalpell und zielte auf das Maul der Kreatur. Feuchter Atem umgab seine Hand und sein Handgelenk, rasiermesserscharfe Zähne streiften seine Haut. Das Rakwiji erstarrte sichtlich, konnte Qaiyaans Angriff jedoch nicht mehr stoppen, sodass es mit vollem Schwung in das Skalpell fiel. Qaiyaan sammelte seine übrigen ionischen Kräfte und jagte dem Rakwiji das Instrument ins Gehirn.

Das Monster brach zusammen und seine Zähne gruben sich in Qaiyaans Arm. Von der Tür aus entließ das kleinere Rakwiji ein qualvolles Kreischen und dann war eine Pulspistole zu hören. Die überlebende Kreatur wirbelte herum und floh.

Qaiyaan wackelte mit dem Arm, um sich von dem toten Rakwiji zu befreien. In dem Moment entdeckte er Mek, der zwei Pulspistolen in seinen zitternden Händen hielt. Leider hatte er nicht getroffen. Der Arzt legte die Waffen beiseite und bewegte sich zu dem Schrank mit seinen Vorräten.

Qaiyaan versuchte aufzustehen, aber das Gift wirkte sich bereits auf seine Muskeln aus. Die Haut, die sich durch den Riss in seiner Hose zeigte, war nicht mehr bronzefarben, sondern ein Netz aus Grau und Schwarz. Er landete ungeschickt auf dem Deck. „Ich muss zu Lisa", krächzte er.

„Wir müssen das Gift umkehren, sonst bist du innerhalb weniger Minuten tot. Ellam Cua, ich weiß, dass ich hier irgendwo eine Ampulle mit dem Gegenmittel habe. Aha!" Mek wandte sich ihm wieder zu. Er hielt eine Impfpistole und eine Handvoll Fläschchen in der Hand. „Ganz ruhig, Captain. Das wird nur eine Minute dauern."

Qaiyaans Zunge war so geschwollen, dass er nicht antworten konnte. Während Mek die Hose von Qaiyaan abschnitt, konzentrierte er sich auf die Tür, durch die die Kreatur verschwunden war. *Lisa, kannst du mich hören? Eines der Rakwiji ist auf dem Weg zu dir!*

———

*L*isa öffnete die Augen. Das Erste, was sie bemerkte, war ihr dröhnender Kopf. Das Bedienfeld führte immer noch seine Diagnose durch und alle Systeme leuchteten grün. *Er hat es geschafft! Gott sei Dank! Doug, bist du noch da?* Keine Antwort. *Qaiyaan, kannst du mich hören?* Anstelle von Worten erreichte sie qualvoller Schmerz. *Qaiyaan!*

Sie lehnte sich zu dem Kameramonitor und packte bei dem Anblick die Armlehnen. Ein riesiges Rakwiji hatte eine Klaue in Qaiyaans Bein geschlagen. „Nein!"

Sie taumelte auf ihre Beine, aber die Schwerkraftfesseln des Stuhls ließen sie nicht los. Sie fummelte an den Schnallen herum und verfolgte gleichzeitig den Kampf auf dem Monitor. *Qaiyaan!* Sie konnte sich befreien und raste augenblicklich zur Tür. Abrupt hielt sie an. Eine Waffe. Sie brauchte eine Waffe. Sie durchforstete den begrenzten Kontrollraum. Wie konnten sich diese Männer Piraten nennen, wenn sie nicht einmal Waffen hier drin hatten?

Ihr Blick landete auf dem kleinen Holo-Würfel, der Noataks Familie zeigte. Nichts im Vergleich zu einer Handgranate, aber die Dutzenden Strahlen, die es zur Bildung des Holo-Bildes brauchte, könnten konzentriert werden, um eine Fackel zu erzeugen. *Besser als nichts.* Sie murmelte eine Entschuldigung an Noatak, packte den Würfel und öffnete das Gehäuse. Mit der Waffe in der Hand drehte sie die Tür auf.

Ein Rakwiji stand im Korridor und umklammerte ein geschwungenes Messer.

Das Alien knurrte, Speichel flog von den spitzen Zähnen und der Kamm auf seinem Kopf richtete sich auf. Lisa schwang ihren behelfsmäßigen Laser in sein Gesicht und drückte die Energiezelle. Nur hatte sie nicht besonders gut gezielt und der modifizierte Strahl tanzte unwirksam über die Schulter des Rakwiji.

Eine breite Reihe spitzer Zähne offenbarte sich auf seinem Gesicht. „Der kleine Mensch will mich mit einem Lichtstrahl piksen? Hältst du mich für einen Xeimir-Wurm, der Angst vor der Sonne hat?"

Lisas Herz hämmerte. Das Rakwiji war ihr so nah, dass sie seinen schwefelhaltigen Atem riechen konnte. Die Laser waren vielleicht nicht in der Lage, seine schuppige Haut zu durchdringen, aber das bedeutete nicht, dass ihre Waffe nutzlos war. Sie zielte erneut und glitt mit dem Licht über die

Schnauze der Kreatur und dann direkt zu den Augen.

Brüllend ließ das Rakwiji die Klinge fallen und hob beide Hände zu seinem Gesicht. Dummerweise blockierte es ihren Fluchtweg.

Lisa betete, dass die Blindheit anhielt, und lehnte sich vor, um das Messer aufzuheben.

Das Rakwiji schlug um sich und sie war froh, dort nicht länger zu stehen.

Mit der Klinge in der Hand rutschte Lisa nach hinten und brachte so den Navigatorsitz zwischen sich und das jaulende Rakwiji. Die Klinge wäre bei seinen Schuppen nutzlos, aber es konnte nicht schaden, eine Waffe zu haben.

„Du wirst meine letzte Trophäe sein." Aus den Augen des Rakwiji traten Tränen, und der ganze Raum stank nach seinem Atem. „Mein Gefährte und ich werden uns bis in alle Ewigkeit zu den Erinnerungen deines Schmerzes paaren."

Lisa suchte nach einem Ausweg, aber das massige Rakwiji ließ keinen Platz, um vorbeizuschlüpfen. Früher oder später würden seine Krallen sie finden. Sie presste sich gegen das Bedienfeld, ihre Handfläche schweißnass um den Griff der Klinge. Fluchend nahm das Rakwiji einen vorsichtigen Schritt nach vorne und suchte mit ausgestreckten Armen nach ihr.

Ihr Blick fiel auf eine Stelle an seinem Körper, an dem ein Rakwiji keine Schuppen hatte – seinen Schritt. Lisa senkte sich auf ihre Hände und Knie und quetschte sich unter den Navigatorstuhl. Ihr blieb nur eine Chance. Sobald sie die Kreatur wissen ließ, wo sie war, würde sie ihre Krallen in Lisa vergraben. Sie zog ihren Arm zurück und sammelte all ihre Kraft zusammen.

Das Rakwiji trat vor.

Sie jagte dem Monster die Waffe in seine Genitalien.

Das Messer sank bis zum Anschlag in das Biest und ließ heißes Blut über Lisas Finger strömen. Die Beleidigungen des Rakwiji schnitten abrupt ab.

Lisa riss das Messer frei und machte eine Rolle vorwärts, um zur Tür zu gelangen. Dort angekommen, wagte sie einen Blick über ihre Schulter.

Der Kopfgeldjäger befand sich auf den Knien und bedeckte mit den Krallen seinen Intimbereich. Ein Blutgeysir spritzte zwischen seinen Fingern heraus. „Rrhuk'ni, trage mich ins Jenseits, wo ich mich bis in alle Ewigkeit im Blut meiner Feinde paaren kann."

Lisa verzog angewidert ihre Lippen. „Viel Spaß beim Versuch, dein Leben nach dem Tod ohne Geschlechtsorgan zu genießen, du Arschloch.“

Dann ließ sie das Rakwiji zurück und rannte auf direktem Weg zur Krankenstation.

KAPITEL FÜNFZEHN

Umgeben von den vertrauten Wänden seines Quartiers öffnete Qaiyaan seine Lider und fand Lisa mit den Augen auf ihn gerichtet.

Ihre kühle Hand strich ihm die Haare aus der Stirn. „Du bist wach.“

Sie berührte ihn. Auf einen Ellbogen gestützt und mit ihrem Körper an seinen gepresst, lag sie neben ihm auf seinem Bett. Was nur eines bedeuten konnte: Sie waren beide tot, und das war Ellam Cuas letztes Geschenk. Er streckte die Hand aus und streichelte ihre samtweiche Wange. „Es tut mir leid.“

„Was tut dir leid?“

„Dass ich uns habe sterben lassen. Aber ich bin froh, dass Ellam Cua uns zusammengebracht hat.“

Lisa lächelte und lehnte sich vor, um mit ihren Lippen über seine zu streifen. „Wir sind nicht tot, Dummkopf.“

Qaiyaan legte seine Hand in ihren Nacken und zog sie wieder zu sich, sehnte sich nach ihrem Fliederduft. Ihre Lippen fühlten sich nachgiebig an und oh, so echt. „Ich berühre dich“, murmelte er an ihren weichen Lippen. „Also sind wir entweder tot oder das ist ein Traum.“

Ihre Zunge schob sich neckend zwischen seine Lippen. Für eine lange Zeit verlor er sich in der verführerischen Wärme ihres Mundes, in der Intimität ihrer weichen Brüste, die sich an ihn pressten. Sein Schwanz pochte als Antwort, aber sein Bein kribbelte immer noch vom Gift des Rakwiji. Er wünschte, die Müdigkeit wäre ihm nicht in den Tod gefolgt. Das Leben nach dem Tod sollte frei von Schmerzen und Sorgen sein. Außerdem gab es einige sehr ungezogene Dinge, die er mit ihr tun wollte. Er zeichnete mit seinem Zeigefinger ihr Schulterblatt nach und folgte ihrem kurvenreichen Körper zu ihrer Vorderseite, über ihren Arm und zu einer schweren Brust, wo sich ihr Nippel unter seiner Handfläche aufrichtete.

Sie stöhnte und wanderte mit einer Hand über seine Brust nach unten, fand seine Erektion, und er erkannte, dass er nur seine Unterhose trug. *Praktisch.* Er hob seine Hüfte in die Höhe und bei dem Gefühl, von einem anderen Lebewesen berührt zu werden, entrang ihm ein Stöhnen. Das war ein Gefühl, das er seit über fünfzehn Jahren nicht mehr erlebt hatte.

Ihre Finger stahlen sich unter den Bund seiner Unterhose und wickelten sich heiß um seinen Schaft. „Ich wage zu behaupten, dass du sehr lebendig bist."

In einer flüssigen Bewegung drehte er sie auf ihren Rücken, sodass er die Kontrolle über das Liebesspiel übernehmen konnte.

Sie schnappte nach Luft und ihre Augenbrauen hoben sich. Er hielt inne und erkannte, wie grob er gewesen war. Wie *echt.* Dies war kein Traum. Er drehte sich und sah auf sein verletztes Bein. Das Gift hatte ein dunkles Spinnennetz aus gebrochenen Kapillaren hinterlassen, aber das Gegenmittel, das Mek ihm gegeben hatte, musste gewirkt haben, denn abgesehen von den verbliebenen Schmerzen fühlte er sich gut. Am Leben. Und verdammt angetörnt.

Er richtete seinen Blick wieder auf Lisa. Seine

zwei Herzen drohten, ihm aus der Brust zu springen. „Wie kann es sein, dass wir uns berühren?"

„Ich habe Doug gefunden." Sie packte seinen langen Bart mit beiden Händen, ihre Augen dunkel vor unbändigem Verlangen. „Wehe du hörst mit dem auf, was du begonnen hast."

Sein Verstand überschlug sich, unfähig mitzuhalten, als er sich auf ihren Mund senkte. Hoffnung und Lust strömten durch ihn. „Er hat deine Naniten repariert?"

„Nicht direkt. Er sagt, ich muss sie zerstören." Sie legte ein Bein um seine Hüfte, dann das andere und übte Druck mit den Fersen aus, bis sein Schwanz auf ihren Intimbereich traf. „Er scheint zu denken, dass genau das hier das Problem lösen wird."

Trotz des pochenden Verlangens in seinem Schwanz hielt Qaiyaan inne. „Okay, mal langsam. Das hier?" Er stützte sich auf seine Hände ab und sah auf sie herab. „Ich dachte, du brauchst deine Naniten, damit wir zusammen sein können."

„Was ich brauche, ist dein Schwanz in mir. Jetzt sofort wäre gut."

Ihre Worte allein reichten fast aus, um ihn kommen zu lassen. „Ellam Cua, Frau! Ich muss wissen, dass ich dich nicht töte, bevor wir weitergehen."

Sie seufzte und linderte den Druck ihrer Fersen. „Lass mich etwas versuchen. Das sollte schneller gehen."

In seinem Kopf tauchte eine Flut von Informationen auf, als würde sie ihm ein Buch in doppelter Geschwindigkeit vorlesen. Bei dem Gespräch mit ihrem Bruder erlebte er ihre Freude und ihren Kummer, und verstand das Geheimnis ihrer Naniten nun auf eine Weise, die er sich nie hätte vorstellen können. Sie zog noch einmal an seinem Bart und versuchte, ihn zu sich zu ziehen. „Ich muss meine Naniten zerstören, bevor sie mich zerstören. Und der einzige Weg, sie loszuwerden, ist mit einem Ionenimpuls." Ihre Lippen zierte ein anzügliches Lächeln. „Doug hat deinen vorgeschlagen."

Er senkte sich in Kussreichweite. „Speziell meinen Impuls?"

Entlang seines Bartes küsste sie ihn und arbeitete sich zu seinem Ohr vor. „Ja, deinen."

Qaiyaan stöhnte. Sein Schwanz war so hart, dass es an Schmerz grenzte. Jahre der Selbstbeherrschung bekriegten sich in ihm. „Bist du sicher, dass du das tun willst? Was, wenn —"

„Mek steht bereit. Und ja, ich will dich tief in mir spüren." Ihre heisere Stimme an seinem Ohr ließ ihn erschauern.

Er drehte den Kopf und fing ihre Lippen in einem Kuss ein. Das süße Gefühl ihrer Zunge in seinem Mund war ekstatisch. Jeden Moment genießend küsste er sie und legte eine Hand auf ihre rechte Wange. Seine andere Hand suchte nach einer Brust und neckte den Nippel zu einer harten Knospe. Ihren Körper so nah an seinem zu haben, war etwas, das er nie für möglich gehalten hätte. Noch angenehmer fühlte sich nur der sanfte Druck ihrer Gedanken an, die gegen seine stupsten. Ihre Begierde nach ihm konkurrierte mit seiner. Er griff nach der Lasche an ihrem Bund. Er wollte sie an sich spüren. Er wollte seine Finger in ihre dunklen Locken schieben und ihren feuchten Eingang ertasten.

Sie schob sich das Kleidungsstück die Hüfte runter und über ihre Beine. Ihre Hände erkundeten seinen Oberkörper. Sie sehnte sich so verzweifelt nach ihm – so wie er nach ihr. Ihre schweren Atemzüge weckten sein Verlangen.

Sobald die Hose aus dem Weg war, lehnte er sich zurück und betrachtete ihren Körper. Er hatte noch nie etwas Schöneres gesehen. Ihre dunklen

Tiefen füllten sich mit Lust, als sie ihre Beine weit spreizte und vor ihm ihre feuchte Pussy präsentierte. Nach ein paar Sekunden streckte sie die Arme nach ihm aus und versuchte, ihn zu sich zu locken.

Er schluckte und bot ihr einen erneuten Rückzug an. „Wenn wir jetzt nicht stoppen, wird es mir nicht gelingen, aufzuhören."

Sie rutschte mit dem Hintern näher zu ihm, spreizte ihre Schenkel, so weit sie konnte und hob ihren Hintern auf seine Oberschenkel. „Halt die Klappe und fick mich."

Stöhnend zog er sie an den Hüften zu sich, bis die Eichel seines Schwanzes ihre heiße Spalte küsste. Mit einem sinnlichen Versprechen glitt er mit der Länge durch ihre feuchten Schamlippen. Sie bebte und grub ihre Fingerspitzen in seine Unterarme, als sie die Beine um seine Taille wickelte.

Qaiyaan erschauerte und seine Eichel glitzerte mit dem ersten Lusttropfen. Wenn er nicht vorsichtig war, so behielt Tovik vielleicht Recht und Qaiyaan käme zu früh. Er knirschte mit den Zähnen und hielt sich zurück, während sie unter ihm zappelte. Ein Teil von ihm widersetzte sich immer noch diesem letzten verpflichtenden Schritt.

Dann griff sie nach unten, packte seinen Schaft und positionierte die Eichel an ihrer Öffnung. Ohne groß darüber nachzudenken, stieß er in sie.

Ihre Hitze umhüllte ihn in purer Glückseligkeit.

„Ellam Cua", hauchte er und die Augen rollten zurück in seinen Kopf. Seine Hände packten ihre Hüften fester. „Nicht bewegen."

„Ich kann nicht anders!" Sie warf ihren Kopf in den Nacken, die Fersen gruben sich hart in seinen Hintern und trieben ihn tiefer und tiefer. Ihr Geschlecht pulsierte um ihn herum, der Erlösung unglaublich nah. Sie wimmerte und leckte sich über die Lippen, ihre rosa Zunge eine Einladung. Er fiel nach vorn, küsste sie, duellierte sich mit ihrer Zunge und ließ sie sein Gewicht auf ihr spüren. Sie akzeptierte jeden Stoß und hob sich ihm im Einklang zu seinen Bewegungen entgegen. Tiefer, härter, schneller.

Ein Stöhnen erhob sich von ihren Lippen, ein Laut, der in seiner Brust widerhallte, als wäre sie diejenige mit der ionischen Macht und nicht umgekehrt. Ihre Stimme wurde höher und er bewegte sich schneller, da er wusste, dass sie nicht mehr lange brauchen würde. Die Basis seiner Wirbelsäule kribbelte mit elektrisierendem Verlangen, seine Eier spannten sich mit der

Notwendigkeit an, Erlösung zu finden. *Nein, noch nicht, warte ein wenig länger ...*

Sie packte wieder seinen Bart und ihr Rücken wölbte sich. „Qaiyaan!" Ihre Pussy zog sich um ihn zusammen und ihr ganzer Körper bebte mit ihrem Orgasmus.

Er folgte ihr in die Ekstase, bei der in seinem Sichtfeld Millionen Sterne explodierten ...

Als er wieder zur Besinnung kam, lag er keuchend auf ihr. Entsetzt richtete er sich auf, noch immer leicht benommen von seinem Höhepunkt. Er erinnerte sich nicht, in seinem Leben jemals so hart gekommen zu sein. Er musterte ihr Gesicht. Die Wangen gerötet, die Augen geschlossen, und sie trug ein sanftes Lächeln auf den Lippen. Mit seiner ionischen Kraft stupste er sie sachte an und bemerkte, wie gleichmäßig ihr Herzschlag war. Ihr Körper war also am Leben, aber wie stand es um ihren Verstand?

Er sprach ihren Namen in einem ehrfürchtigen Flüstern: „Lisa?"

Sie drehte ihren Kopf, ohne die Augen zu öffnen. „Mhm?"

Er stieß seinen Atem aus und senkte sich wieder auf sie, bis seine Stirn ihre berührte. Das war ein

Wunder, das er nie erwartet hatte. Ein Geschenk, das er nicht verdient hatte. „Du hast überlebt."

„Habe ich das? Ich wäre mir da nicht so sicher." Sie schlang beide Arme um ihn und grub ihre Fersen wieder in seinen Hintern. „Ich denke, wir müssen es noch einmal versuchen."

„Deine Naniten?"

Es folgte eine kurze Pause, dann formte sich auf ihrem sinnlichen Mund ein Grinsen. „Weg."

Qaiyaan senkte seinen Kopf und küsste sie überglücklich. Und sein Schwanz? Der hatte fünfzehn Jahre Zölibat aufzuholen.

———

*L*isa saß am Küchentisch und versuchte, sich auf das Gespräch der Besatzung über das Kartellschiff zu konzentrieren, das immer noch im Frachtraum saß. Und obwohl Qaiyaan auf der gegenüberliegenden Seite des Tisches Platz genommen hatte, konnte sie nicht aufhören, ihn zu berühren. Sie schob einen nackten Fuß an der Innenseite seines Beines hoch, bis seine Hand sie kurz vor seinem Intimbereich packte.

Sein Gesicht blieb teilnahmslos, aber er drückte den Fußballen gegen seine pralle Erektion und erhob das Wort: „Wie viel werden wir dafür bekommen? Wir müssen schließlich immer noch unseren Rumpf reparieren." Sein Blick traf auf ihren, Lust köchelte unter der Oberfläche. „Wir haben wertvolle Fracht an Bord."

Lisa spürte, wie jedes Augenpaar in der Kombüse auf sie fiel. Sie errötete. Es war ihr unangenehm, wie ehrfürchtig sie angesehen wurde. „Damit müsst ihr wirklich aufhören, Jungs. Ich bin nur ein weiteres Mitglied der Crew."

„Ein lautes Mitglied." Noatak grinste sie an.

Die Hitze in ihrem Gesicht nahm zu und sie versuchte, ihren Fuß zurückzuziehen, aber Qaiyaan hielt stand und massierte ihren Spann mit einem Daumen. Seine Wange zuckte amüsiert. Der Bastard genoss ihre Verlegenheit. Sie murmelte vor sich hin: „Verdammtes dünnwandiges Schiff."

Tovik nickte, sein Bronzegesicht errötete in einem schillernden Blaugrün. „Noatak, ich kann dir im Maschinenraum eine Hängematte aufhängen. Die Motoren helfen, die ... Laute zu übertönen."

Jetzt fühlte sich Lisas Gesicht an, als würde es gleich in Flammen aufgehen. Sie war nie wirklich prüde in Bezug auf ihr Sexualleben gewesen, aber sie hatte sich auch noch nie in einer Gruppe von Männern aufgehalten, die so besessen von ihrer

Anwesenheit waren. Jeder einzelne von ihnen brauchte eine eigene Frau. Sie drehte sich zu Mek. „Wie geht es den Naniten?"

Die Stimmung im Raum ernüchterte sich. Die physischen Veränderungen, die die Naniten an ihrem Körper vorgenommen hatten, erlaubten es ihr, mit Qaiyaan zusammen zu sein, aber jetzt waren ihre Naniten weg. Da von ihren vorherigen Tests nur noch wenige Ampullen übrig waren, befürchtete der Arzt, dass diese für weitere Tests nicht ausreichten. Schon gar nicht waren es genug, um neue kompatible Partner zu schaffen.

Mek schüttelte den Kopf und senkte den Blick. „Es ist mir nicht gelungen, mehr von ihnen zu kultivieren. Sie brauchen einen Wirt."

Tovik lehnte sich vor. „Also suchen wir uns ein paar Wirte."

Noatak zeigte auf den jüngeren Mann. „Komm runter, Tovik. Du willst nicht mit irgendeiner Frau enden."

„Es könnte auch Nebenwirkungen für die Naniten selbst geben." Mek kratzte sich über eine stoppelige Wange. „Ich weiß einfach nicht genug, und wir haben nur einen begrenzten Vorrat für Tests."

Lisa drückte die Schultern durch und zog

diesmal erfolgreich ihren Fuß aus Qaiyaans Griff. „Doug hat Naniten." Das Einzige, was es schaffte, in ihre Vernarrtheit gegenüber Qaiyaan einzufallen, war das Wissen, dass ihr Bruder zwar lebte, aber er sich immer noch in den Händen von Syndicorp befand. „Wenn wir ihn befreien, verfügen wir über mehr Proben, als du jemals brauchen wirst."

„Ich dachte, er hätte dir nicht gesagt, wo er ist", bemerkte Noatak.

„Auch ohne meine Naniten kann ich mich noch in das Darknet hacken. Dort werde ich einen Weg zum Syndicorp-Labor finden, ich weiß es einfach. Ich brauche nur Zugang zu einem verstärkten Steuerpult."

„Ich kann unseren Array ziemlich leicht verstärken", bot Tovik an. „Ich habe bereits einen Großteil des Kommunikationsnetzes vom Kartellschiff entfernt."

Qaiyaan zuckte zusammen. „Du hast was getan?"

Tovik zog die Schultern an die Ohren und verzog das Gesicht. „Und ich habe versehentlich die Steuerhydraulik durchgebraten, als ich versuchte, den Sekundärantrieb mit der Vorwärtsbewegung zu verknüpfen."

Noatak senkte das Kinn auf die Brust und

schüttelte den Kopf. „Zumindest hast du die Hardship nicht in die Luft gejagt." Seufzend lehnte er sich zurück. „Dann machen wir es Lisa mal im Kontrollraum bequem."

„Kühlt alle eure Jets." Qaiyaan stand auf. „Das Darknet ist ein zweifelhafter Ort. Ich will Lisa nicht mehr in Gefahr bringen. Ihr wisst doch, wie wichtig sie mir ist."

Noatak drehte sich um. „Sie ist uns allen wichtig, *Iluq*. Und im Moment ist sie die Einzige mit einem Plan."

Lisa stand auf und schlang ihre Arme um Qaiyaans solide Taille. „Ich werde an einer Konsole sitzen. Keine Naniten beteiligt. Das wird schon."

Er umhüllte sie in seiner bronzefarbenen Umarmung und schüttelte den Kopf. „Wir können nirgendwo hingehen, bis wir unseren Rumpf repariert haben."

„Du suchst nur nach Ausreden." Lisa neigte den Kopf, um ihm in die Augen zu schauen. „Es gibt keinen Grund, warum ich mich nicht im Darknet umsehen kann, während ihr den Rumpf in Ordnung bringt."

„Das letzte Mal, als ich nach draußen ging, um mir den Rumpf anzusehen, haben wir fast alle unser Ende gefunden."

„Also wirst du es dir einfach nie wieder ansehen? Das ist keine Lösung.“

Tovik warf beide Hände in die Höhe. „Hört mir doch mal zu! Das wollte ich euch schon länger sagen. Mit dem Rumpf ist alles in Ordnung.“

„Wie ist das möglich?“, fragte Qaiyaan.

„Ich habe mir die meisten Platten von dem Kartellschiff geliehen.“

Die anderen drei Männer stöhnten im Chor. Noatak sank gegen den Türrahmen. „Ist von dem Schiff noch irgendetwas übrig, das wir verkaufen können?“

„Der Rumpf musste repariert werden.“ Tovik zuckte mit den Schultern und zwinkerte Lisa zu. „Und ich fand es angenehm, wie ruhig es draußen war.“

Lisa grinste und schmiegte sich mit der Wange an Qaiyaans solide Brust. Mittlerweile sah sie Tovik als einen kleinen Bruder. Sie wusste einfach, dass Doug ihn mögen würde.

„Es gibt noch einige ziemlich gute Teile, die Geld einbringen werden“, fuhr Tovik fort und begann, Flussmodulatoren und andere Teile an seinen Fingern abzuzählen. „Obwohl ich die Kraftstoffmatrizen für ein Projekt reservieren möchte, das etwas mit Beschleunigung zutun hat.“

Qaiyaans Stimme war tief und schroff, aber Lisa konnte hinter seinen Worten Belustigung wahrnehmen. „Tovik, eines Tages werden wir anfangen müssen, dir deine kleinen wissenschaftlichen Experimente in Rechnung zu stellen."

„Meine Experimente haben sich fast jedes Mal bezahlt gemacht." Tovik verschränkte die Arme und blickte finster drein. „Ich bekomme hier keine Wertschätzung."

Lisa ließ Qaiyaan los und schob eine Hand über seinen Arm, um ihre Finger mit seinen zu verlinken. „Dann können wir ja jetzt nach Doug suchen, oder?"

Qaiyaans Finger festigten sich um ihre. „Lass uns Syndicorp in den Arsch treten."

Lieber Leser,

möchtest Du erleben, wie auch die anderen Piraten ihre Gefährten finden? Dann geht es schon bald weiter mit Captain Kashatok!

Sie ist als Junge verkleidet.
Auf einem Schiff voller sexbesessener Außerirdischer ...
Was soll da schon schief gehen?

Lies weiter für eine Leseprobe!

XOXO,

Tamsin

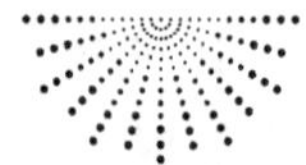

(BRÄUTE FÜR DIE ALIEN-PIRATEN, BUCH 2)

Mit Blick in den schmutzigen Badezimmerspiegel der Kneipe packte Joy eine Strähne ihres lockigen braunen Haares in einer und eine Schere mit der anderen Hand. Hinter ihr zeigte ein wandlanger Bildschirm eine Werbung für Verhütungsmittel zwischen Außerirdischen und erzeugte ein unheimliches grünes Licht. *Tu es einfach,* dachte sie. *Es ist kein großes Ding. Haare wachsen nach.* Natürlich machte sich ihre Mutter, ein Syndicorp Communications CEO, bereits jetzt über ihren Sinn für Mode lustig und sagte, es wäre eine gute Sache, dass Joy klug sei, weil sie mit ihrem Aussehen nicht weit kommen würde. Aber selbst Klugheit war nicht gut genug, es sei denn, Joy nutzte sie, um die Karriereleiter zu erklimmen.

Nachdem Joy als Reporterin bei RealTime-News angefangen hatte, hätte ihre Mutter sie fast verleugnet. Wie würde sie reagieren, wenn sie herausfand, dass Joy an einem Undercover-Exposé arbeitete? *Zumindest verkleide ich mich nicht als Prostituierte.* Mal abgesehen davon, dass ihr Produzent bei RealTime angedeutet hatte, wie sensationell das wäre. Aber Joy konnte auf andere Werkzeuge als ihre Titten zurückgreifen, um diese Geschichte zu erzählen. Da sie für eine Frau recht groß war, hatte sie beschlossen, mit ihrer Verkleidung in die entgegengesetzte Richtung zu gehen. Ihre Cargohose und ihr Mechanikerhemd waren riesig und geschlechtslos, und sie war sogar so weit gegangen, Stoff um ihre Brüste zu wickeln, um ihre Kurven zu maskieren. Sie brauchte nur den letzten Schliff.

Sie holte tief Luft und setzte die Schere an. Ihre langen Locken fielen mit einem seltsam befriedigenden Gefühl ab. Ein unsymmetrisches Spiegelbild starrte sie aus erschrockenen grauen Augen an. „Jetzt gibt es kein Zurück mehr", murmelte sie.

Ihr Kiefer konnte nicht gerade als männlich

angesehen werden, aber sie war unauffällig genug, dass sie mit der richtigen Einstellung als junger Mann durchgehen konnte. Und sie hatte bereits bewiesen, dass sie das Zeug dazu hatte, als sie ein Jahr lang ehrenamtlich für Syndicorp in deren Flottenwerkstatt gearbeitet hatte. Joy hatte die praktische Problemlösung und den Geruch von Hydraulikflüssigkeit und heißem Metall geliebt, bis ihre Mutter erfuhr, dass sie nicht nur Cookies verteilte. Danach hatte es nicht lange gedauert, bis ihre Mutter dafür sorgte, dass sie die Werkstatt verlassen musste.

Zufrieden mit ihren Haaren zog Joy Mascara aus ihrer Handtasche, strich mit der Bürste unter ihren Nägeln entlang und rieb sich dann ein bisschen davon ins Gesicht. Niemand vertraute einem Mechaniker mit sauberen Händen. Als sie mit ihrer Arbeit einverstanden war, schaute sie erneut in den Spiegel und zwinkerte mit dem linken Auge, um ihre kybernetische Kamera zu aktivieren. Eine Aufnahme ihrer Reflexion würde eine gute Eröffnungsszene für das Exposé ergeben. Dass ihre Mutter der Communications CEO war, hatte auch einen Vorteil: Joys Zugang zu Technologien, für die andere neue Reporter sterben würden.

„Ich befinde mich am Rande des nicht

klassifizierten Raums und suche nach Informationen über die Aktivitäten von Piraten. Diese skrupellosen Männer und Frauen plagen die Schifffahrtswege, seit Syndicorp seine ersten Kolonisierungsgesandten aus dem Alleigh-Sektor losgeschickt hat." Joy sprach in einem heiseren, verschwörerischen Ton und warf über ihre Schulter einen Blick auf die Toilettentür. Niemand würde ungebeten eintreten, aber ihr Puls klang trotzdem laut in ihren Ohren. „Bleibt dran, während ich undercover in die verwegene Welt des Schwarzmarkthandels und der Deep-Space-Piraterie eintauche."

Seufzend stoppte sie die Aufnahme. Sie hörte sich wie eine Spielshow-Moderatorin an. Alles an dieser Übertragung musste perfekt sein. Seriös. Einem Nachrichtensprecher würdig.

Sie versuchte es noch einmal. „Mein Informant hat mir gerade mitgeteilt, dass ein berüchtigter Pirat in dieser Kneipe ist. Ich werde versuchen, mich seiner Crew anzuschließen, um in den nächsten Wochen Echtzeitgeschichten dieser Männer auszustrahlen."

Jemand rüttelte an der Tür. Joy speicherte die Aufnahmen schnell auf ihrem Polycom, um sie später zu bearbeiten, öffnete das Grav-Schloss und lief an der verärgerten Saluqan-Frau vorbei. „Die Tür klemmt", murmelte Joy und trat in die überfüllte Kneipe. Sie musste einen Piratenkapitän finden.

———

Captain Kashatok entfernte Jhikiks Schwanz aus der Flasche kantarellianischen Rums und goss sich nach. An Bord des Schiffes trank er oft direkt aus der Pulle. Um neue Besatzungsmitglieder zu interviewen, machte er auf zivilisiert. Seine Crew bestand aus genug Ecken und Kanten, und sich noch ein Problem an Bord zu holen, stand heute nicht auf dem Plan.

Der kleine Netorpok zitterte und kletterte auf seinen Arm, um sich auf seine Schulter zu setzen, wobei sein lavendelfarbenes Fell Kashatoks Ohr kitzelte. Jhikik war als Welpe in seinen Besitz gekommen und hatte Spaß daran, ihn wegen seines Lasters zu nerven. „Beruhige dich."

Zu spät. Eine Frau, die auf einem Hocker an der Bar gesessen hatte, kam auf ihn zu. Ihr beträchtliches Dekolletee schwang in ihrer Bluse bei jedem Schritt, den sie in seine Richtung nahm. Das passierte immer wieder. Zuerst würde sie sich wegen des Netorpoks nicht mehr einkriegen können, nur um ihre Aufmerksamkeit dann auf seinen breitschultrigen Besitzer zu lenken. Frauen liebten einen Mann mit einem Haustier. Und Jhikik liebte die Aufmerksamkeit.

„Es gibt einen Grund, warum ich das Schiff nie verlasse", murmelte Kashatok und funkelte die Frau genervt an. Weibliche Gesellschaft stand nie auf seiner Agenda und so würde es auch bleiben.

Zum Glück verstand sie den Wink mit dem Zaunpfahl und lief stattdessen zu den Toiletten. Als die Band der Kneipe ein neues Set startete, erhob sich Kashatok von seinem Stuhl und scannte den dunklen Bereich nach dem zotteligen Kopf seines Ersten Offiziers. Aleknagik sollte angehende Shuttle-Mechaniker zu Interviews an den Tisch begleiten. Am anderen Ende der Kneipe teilte sich die Menge vor dem hoch aufragenden, bronzefarbenen Denaidaner. *Es wurde auch Zeit, dass er jemanden findet.* Kashatok setzte sich wieder und leerte den Rest seines Rums. Aleknagik kam zum Tisch und stoppte.

Kashatok scannte den auffällig leeren Bereich um den großen Mann. „Und?"

Aleknagik schüttelte den Kopf. „Es hat sich

herumgesprochen, was mit unserem letzten Mechaniker passiert ist."

Der Muskel in Kashatoks Kiefer spannte sich an. „Und?"

„Das bedeutet, dass niemand die Begeisterung aufbringen kann, als nächstes aus der Schleuse geworfen zu werden."

„Ich habe eine harte Regel. Eine. Keine Frauen an Bord meines Schiffes." Dafür und für das, was der Mechaniker dieser armen Frau angetan hatte, verdiente er Vergeltung.

Aleknagik zog einen Stuhl hervor und nahm seufzend Platz, sodass der Geruch von Cirripi-Gras zu Kashatok wehte. Er lehnte sich vor und stützte sich mit beiden Ellbogen auf dem Tisch ab. „Ich verstehe, warum du diese Regel aufgestellt hast. Aber mit diesen Naniten, von denen Captain Qaiyaan gesprochen hat, könnten wir das vielleicht ändern. Außerdem könnten deine Crewmitglieder, die keine Denaidaner sind, einen gewissen Spielraum zu schätzen wissen."

Kashatok knirschte mit den Zähnen. Die Besatzung der *Kinship* bestand zum Großteil aus Denaidanern. Sie waren nicht dazu in der Lage, die Freuden einer Frau zu genießen, und Kashatoks Regel war für sie nie von Bedeutung gewesen. Bis die Naniten ins Gespräch gekommen waren. Wieder einmal hatte Syndicorp einen Samen der Hoffnung in die Denaidaner gepflanzt. Nein, keinen Samen. Eine Spore. Einen Virus. Ein von Syndicorp entwickelter Virus. Und er machte das Zusammenleben auf seinem Raumschiff zu einem Albtraum. „Mein Schiff – meine Regeln. Wenn jemand damit ein Problem hat, kann er verdammt nochmal abhauen."

Sein Erster Offizier runzelte die Stirn, schwieg aber, seine Augen jedoch voller Fragen und Misstrauen.

Kashatok packte den Rum und nahm einen großen Schluck von der brennenden Flüssigkeit. Es würde sowieso nie eine Frau für ihn geben, Naniten hin oder her. Man konnte ihm nicht trauen, nicht nach Aiyana ... Er nahm noch einen Schluck. Seine Vergangenheit jedoch ging Aleknagik nichts an.

Ein olivhäutiger Mensch erschien hinter Aleknagiks Schulter. Große Augen hüpften zwischen dem Hinterkopf des Ersten Offiziers und Kashatok hin und her. In dem Moment, in dem sich ihre Augen trafen, spürte Kashatok einen Ruck, einen Wunsch zu beschützen, der im Widerspruch zu dem hartgesottenen Kapitän stand, der er zu sein versuchte. Der Junge erinnerte ihn an seine eigenen ersten unsicheren Tage, nachdem er seinen Planeten verlassen und in schäbigen Kneipen nach Arbeit gesucht hatte. Der Besucher bewegte sich neben den Ersten Offizier, beide Hände tief in die Vordertaschen seiner weiten Cargohose geschoben. „Du suchst nach einem Shuttle-Mechaniker?"

Aleknagik drehte sich auf seinem Sitz, die Augen fast auf gleicher Höhe mit denen ihres jungen Besuchers. „Kennst du einen?"

Der junge Mann streckte seine Hand aus. „Ich heiße Joey."

„Du?" Aleknagik lachte.

Jhikik sprang von Kashatoks Schulter auf die Tischplatte. Kashatok packte die Schwanzspitze der Kreatur und stoppte sie. Nicht jeder schätzte die Neugier der Kreatur.

Aleknagik drehte sich zu Kashatok und wies mit dem Daumen in Richtung Joey, wobei die Augen vor Belustigung tanzten. „Was sagst du, Captain? Denkst du, dieses *Qumli* könnte sich unter unserer Crew behaupten?"

Der Junge war kaum alt genug, um die Brust seiner Mutter zu verlassen, geschweige denn einer rauflustigen Crew die Stirn zu bieten. Kashatok sandte einen streng kontrollierten Ionenimpuls aus.

Alkohol dämpfte seine Empfindlichkeit, jedoch konnte er immer noch den Herzschlag, die Atmung und die Hauttemperatur des jungen Mannes beurteilen. Joey war nervös, das war mal sicher. Aber seine Hände waren schmutzig und der Blick in seinen Augen war hungrig. Würde es schaden, ihn zu Wort kommen zu lassen? Kashatok schob die Rumflasche nach vorne, ohne seine Hand zu akzeptieren. „Setz dich."

Joey senkte seine Hand, zog einen Stuhl heraus und nahm Platz. Er fasste den Rum nicht an. Ihre Blicke trafen sich und Kashatok musste ihm den Rum reichen. „Du scheinst nicht alt genug, um bereits Mechaniker zu sein."

Joey zuckte mit den Schultern. „Ich bin erst ein Jahr dabei, aber ich lerne schnell."

Kashatok nahm sich die Flasche und kippte sie zurück. Er könnte dem Jungen genauso gut zeigen, wer er wirklich war. „Kennst du dich mit dem CrossX Spacer Elite aus?"

„Natürlich." Joey neigte den Kopf und blinzelte nachdenklich. „Ich habe beim Wiederaufbau eines Triebwerks geholfen. Und ich habe die Flussspule bei einem der neueren Modelle angepasst."

„Okay", sagte Aleknagik und nickte. „Woher kommst du?"

Joey runzelte die Stirn. „Warum ist das so wichtig?"

Aleknagik senkte sein bärtiges Kinn, um das Stirnrunzeln zu erwidern. Jhikik schlich vorwärts, die Augen auf den Fremden gerichtet.

„Was ist?" Joey verschränkte die Arme. „Piraten haben keine Vergangenheit. Oder sie sollten es nicht."

Kashatok unterdrückte ein Lächeln. Dieser Junge war vielleicht doch in der Lage, sich zu behaupten. Er strich mit den Fingerspitzen über Jhikiks langen Schwanz, bis sich das kleine Wesen drehte und auf seine Hand schlug. „Hast du von unserem letzten Mechaniker gehört?"

Das linke Auge des jungen Mannes zuckte. „Erzähl es mir."

„Ausgesperrt." Kashatok hielt einen Moment inne. Joeys Herz schlug so schnell, dass Kashatok kaum seine ionischen Sinne einsetzen musste, um es zu spüren.

„Von dir?"

Kashatok nickte langsam und behielt Blickkontakt. „Auf der Kinship gibt es nur eine unumstößliche Regel: Du darfst keine Frauen an Bord bringen. Glaubst du, dass das für dich in Ordnung geht?"

Joey holte tief Luft und entließ sie langsam. „Das ist alles? Klingt einfach. Was ist mein Anteil?"

„Ha!" Aleknagik schlug dem jungen Mann so hart auf die Schulter, dass er nach vorn schaukelte. „Ich mag ihn!"

Joey hielt den Blick auf den Captain gerichtet.

Aus irgendeinem Grund hatte Kashatok die Söldnerfrage nicht erwartet, wahrscheinlich weil der Junge mehr an dem Abenteuer als an dem Geld interessiert zu sein schien. „Probezeit bringt dir einen Anteil. Nach den ersten ein oder zwei Beuten werden wir wieder reden."

Nickend streckte Joey erneut seine Hand aus. „Abgemacht."

Diesmal akzeptierte Kashatok die Hand. Die Handfläche war weicher, als Kashatok erwartet hatte, aber vielleicht war das nur eine menschliche Sache. „Wir parken auf A21P. Es geht los, sobald unsere Vorräte aufgefüllt sind, also schlage ich vor, dass du deinen Arsch eher früher als später an Bord bringst."

„Aye, aye, Käpt'n!"

Alek lachte erneut. „Das sagen wir nicht, Mensch."

Joey leckte sich die Lippen, und Kashatok fand die Bewegung seltsam beunruhigend. „Tut mir leid", sagte der Junge. „Ich nenne dich aber Captain, oder?"

„Es ist mir egal, wie du mich nennst, solange du deine Arbeit machst." Kashatok stand auf, packte die Rumflasche und hielt Jhikik einen Arm hin. Der Netorpok warf Joey einen sehnsüchtigen Blick zu und sprang dann auf Kashatoks Schulter.

Als Kashatok sich umdrehte, um zu gehen, rief Joey: „Ich werde dein Shuttle in Topform halten."

Kashatok lief weiter. Hinter ihm hörte er Alek Ratschläge geben. „Ein junger Mann wie du hat Triebe. Solange du dich außerhalb des Schiffes um sie kümmerst, gibt es keine Probleme. Oh, und halte dich vom Rum des Captains fern."

Kashatok hielt an der überfüllten Bar an und bestellte eine Flasche für unterwegs.

Ebook jetzt vorbestellen.

GLOSSAR

Akleng – ein Ausdruck der Sympathie oder des Bedauerns

Anaq – Scheiße!

Assirpaa! – Wie aufregend!

Attahat-Rad – eine Form des Glücksspiels ähnlich zu Roulette

Brennantrieb – Bauteil, mit dem Raumschiffe durch bestimmte Ionenfrequenzen schnell weite Strecken zurücklegen, indem sie den Raum krümmen; siehe auch Verbrennung und Brennsequenz.

Brennsequenz – Ein bestimmtes Wellenmuster von Ionen, das erreicht werden muss, um die Verbrennung einzuleiten bzw. bis zum Zielpunkt aufrechtzuerhalten.

Carayak – Ein männlicher Denaidaner mit einer genetischen Störung, die dazu führt, dass seine ionische Paarungsfrequenz selbst für seine eigene Art tödlich ist. Umgangssprachlich auch als *Monster* bezeichnet.

Kartell – Organisierter Verbrecherring, der einen Großteil der Galaxie kontrolliert.

Cirripi-Gras – mildes Rauschmittel zum Rauchen

Cochlea-Implantat – Ein kybernetisches Gerät, das die Kommunikation über Vibrationen direkt auf die Ohrknochen überträgt.

Cyborg – Ein Mensch, bei dem über 50 % des Körpers durch kybernetische Teile ersetzt wurde. Obwohl viele Menschen kybernetische Verbesserungen haben, wird tatsächlichen Cyborgs das Recht auf die Staatsbürgerschaft Syndicorps verweigert.

Darknet – Ein Ort, an dem das Kartell und andere Schwarzmarkthändler Informationen austauschen.

Denaida-daru – Die Heimatwelt der Denaidaner, die von Syndicorp zerstört wurde. Auch Planet K-4H10 genannt.

Ellam Cua – die denaidanische Gottheit

Enays – Ein Sexplanet, der von Enayshuanern

geführt wird.

Enayshuan – Eine menschenähnliche Spezies mit auffälligen Augenwülsten, die für ihr metallisches Körperpulver bekannt ist. Wird oft mit dem Sexhandel in Verbindung gebracht.

Finofan – Aliens mit leguanartigen Schuppenkämmen um die Ohren und schlitzförmige Augen. Sie mögen eine heiße und feuchte Atmosphäre.

Garan'uk – eine methanatmende Alien-Spezies

Iluq – Bruder

Ionenkraft, -macht oder -schild – Die Fähigkeit eines männlichen Denaidaners, Materie und Schwerkraft zu beeinflussen.

Kemeg – Eine Art Herdentier, das wegen seines Fleisches gezüchtet wird.

Kwirn - eine Form des Glücksspiels mit 3D-Tischen und -Steinen

Naniten – Selbstreplizierende, mikroskopisch kleine Maschinen, die entwickelt wurden, um Veränderungen auf molekularer Ebene herbeizuführen.

Naujiar – Eine Art Pflanze, die das Lieblingsessen eines Netorpoks darstellt.

Nav-Grav-Sitz – Wird verwendet, um

humanoiden Lebewesen während der Verbrennung von Schiffen einen gewissen Komfort zu gewährleisten.

Netorpok – Ein exotisches Haustier, das auf den meisten Planeten verboten ist.

NIU (Nanite Integration Unit) – ein heimliches Syndicorp-Labor mit Cyborg-Testpersonen

Ongaru Flip – ein beliebtes Kartenspiel

Parsec – eine Entfernungsmessung (3,2 Lichtjahre)

Pirelux-Seide – ein feiner Stoff

Polycom – Die häufigste Form der persönlichen Kommunikation und Informations-speicherung, ähnlich wie das heutige Smartphone.

Posungi – ein eierlegendes Alien mit orangefarbenem Tentakelgesicht

Qumli – Milchgesicht

Rakwiji – schuppige Aliens mit einer giftigen Klaue. Sie jagen paarweise und foltern während ihres Paarungsrituals. Oft vom Kartell als Kopfgeldjäger angeheuert.

Saluqan – eine Spezies mit einem intuitiven Talent für medizinische Fähigkeiten. Sie haben blaue bis violette Haut und manchmal schillernde Venen, die sich durch die Haut zeigen.

Sizantha-Schoten – Wird zur Herstellung von Tee verwendet.

Syndicorp – Ein Mega-Unternehmen, das einen großen Teil der Galaxie kontrolliert.

Synth-Haut – Künstlich gewachsenes biologisches Polymer, das die tatsächliche Haut nachahmt. Kommt vor allem über kybernetischen Körperteilen zur Anwendung.

Terpak – Arschloch

Die Termination – die Zerstörung von Denaida-daru durch Syndicorp

Tunrak – Teufel, oft liebevoll verwendet

Usviiqe – Verdammt!

Nicht klassifizierter Raum – Bereiche der Galaxie, die nicht von Syndicorp beherrscht werden.

Verbrennung – bezeichnet den Prozess, wenn die Brennsequenz eingeleitet wird und das Raumschiff zu einem entfernten Punkt im Universum reist; siehe auch Brennantrieb und Brennsequenz.

Xeimir-Wurm – Ein Alien mit glänzender Haut, das durch die Haut atmet und extrem lichtempfindlich ist.

Yanipa-nimayu – Ein sechsbeiniger Außerirdischer, der oft manuelle Arbeit verrichtet.

ÜBER DIE AUTORIN

Vor langer, langer Zeit habe ich es mir in den Kopf gesetzt, biomedizinische Technikerin zu werden. Das Aufschneiden von Laborratten führt allerdings selten zu einem glücklichen Ende, wie man es aus Büchern kennt. Jetzt vermische ich meine Begeisterung für die Wissenschaft mit charakterorientierter Romance und einem garantierten Happy End. Meine Monster finden immer ihre Gefährten, in Geschichten mit temperamentvollen Protagonistinnen, gequälten Helden und einer guten Portion Erotik. Ich verspreche Dir, meine Geschichten werden Dich nicht hängen lassen. (Obwohl es natürlich passieren kann, dass Du danach noch mehr willst!)

Wenn ich nicht schreibe, dann findest Du mich im Garten oder in der Küche, auf Erkundung durch Alaska mit meinem Ehemann oder bei der Vorbereitung auf eine Zombie-Apokalypse. Ich liebe Wein und Apple Cider. Und auch wenn ich nur ein bescheidenes Talent dafür besitze, genieße ich es, zu häkeln.

Gefährten für Monster

Der Kuss des Meermannes

Die Mission des Meermannes

Eine Meerjungfrau mit Herz

Eine Braut für den Zentauren

Alphas in Alaska

Adrians Gefährtin

Keplers Wölfin

Elias' Geheimnis

Ashs Wildfang

Versteigert an die Aliens

Arazhi: Eine SciFi Alien Romanze

Zhiruto: Eine SciFi Alien Romanze

Iroth: Eine SciFi Alien Romanze

Bräute für die Alien-Piraten

Rachsüchtiger Abtrünniger

Hoffnungsloses Monster Erscheint am 25. Juni 2024

Todgeweihter Krieger

Rebellischer Cyborg

Hoffnungsvoller Arzt

www.ingramcontent.com/pod-product-compliance
Lightning Source LLC
Chambersburg PA
CBHW061232210726
48293CB00003B/745